세상에 보답하는 삶

A LIFE THAT GIVES BACK TO THE WORLD

세상에 보답하는 삶

전중현 지음

디트리히 본회퍼 순교자

법정 스님

이계준 연세대 교목실장

조병국 홀트아동병원장

하재관 시카고 사회사업가

이시갑 의대교수

좋은땅

우리가 매일 발 딛고 사는 세상이 무감각한 물체라고 생각하기가 어려운 이유는 매우 간단하다. 우리의 삶을 돌봐주고 지켜 주고, 곡식을 익혀주고, 철따라 온도가 변하고, 나무가 파랑색으로, 때가 바뀌어 노랗고 붉은 단풍으로 물들여지기 때문이다. 어떻게 보면 자연이 정감情感을 지니고 우리를 따사롭게 감싸 준다고 생각할 수 있다. 인류학에서 보면 인간의 선조들이 시도한 의인화擬人化: personification라는 예술적인 작업이 있다. 이 말의 뜻은 인성人性을 부여한 것으로 사람이 아닌 것을 사람에 비교 표현하는 것이다. 그러기에 자연은 그 자체를 넘어서서 종교적인 의미를 내포內包한다.

자연은 우리에게 매일의 삶을 살 수 있도록 침묵 속에 숨 쉬는 공기와 삶의 터를 마련해 주고 지켜 준다. 자연은 무인격의 존재이지만, 그러기에 더더욱 감사하는 마음을 표하고 싶은 심정이다.

우리의 생활터전이 되는 이 세상은 우리 선조로부터 물려받은 땅이다. 그렇다면 우리는 또다시 우리 후손에게 물려주어야 한다. 그러기에 우리는 이 땅의 체류자滯留者로 보다 올바르고 살기 좋은 세상으로 가꾸어야 할 책임이 있다.

지금부터 10만 년 전 이 지구상에는 적어도 여섯 인간 인종이 살고 있었는데 지금은 단 하나의 인종 Homo sapien라틴어로 사람의 학명이 모든 경쟁에서 이겨 세상을 제압하기에 이르렀다. 그 후로 주전 9세기 이전에 네 곳의 문명세계에서 종교적이고 철학적인 전통이 수립되었는데, 이것은 중국의 유교와 도교, 인도의 힌두교와 불교, 이스라엘의 유일신교와, 희랍에서의 철학적인 이성주의理性主義이다. 독일의 철학자 Karl Jasper는 이것을 Axial Age축의시대라고 부른다. 그 당시 전례 없는 폭력이 판을 치는 때, 이기심을 버리고 동정심compassion의 영성을 촉구하고 있다. 이것은 개인의 책임과 자기비판으로 대처하는 실제행동으로 서구의 대변화였으며, 종교의 본질에 깊숙이 변화를 이루어 세계를 구하는 길로 이어져 왔다.

우리말에 "세상"은 모든 사람이 살고 있는 사회의 통칭이며, 한 사람이 살고 있는 기간인 평생을 말하기도 한다. 사람은 부모를 통해 세상에 태어나고 양육되면서 교육받고, 주어진 환경에 적응하고, 사회에 공헌하기에 이른다. 그러기에 우리의 삶의 여정에서 먼저 깨닫고 추구하는 것이 궁극적인 결과로, 실제 행하는 삶으로 이 세상에 보답할 수 있다.

이제 이론과 실천으로 구분하여
이론에서 자연, 인간, 향학, 종교, 신앙, 사회윤리를 검토하고,
실천에서 여섯 선구자先驅者들의 생애와 헌신을 소개하고 살펴보면서 배우기로 한다.

먼저 우리의 영혼 속 깊이 울려 퍼지게 하는 윤동주尹東柱 1917-1945의 시

　세상에 보답하는 삶

한 편이 이 세상에 보답하는 시인의 업적임을 상기하면서 되새겨 본다. 윤동주는 연희전문 문과 출신으로 *별 헤는 밤*과 *하늘과 바람과 별과 시* 등의 작품으로 유명하다. 시詩는 자연과 인생에 대한 깊은 감흥感興을 불러일으켜 삶을 풍요케 한다.

내 人生에 가을이 오면

-윤동주

내 인생에 가을이 오면
나는 나에게
물어볼 이야기들이 있습니다.

내 인생에 가을이 오면
나는 나에게
사람들을 사랑했느냐고 물을 것입니다.

그때 가벼운 마음으로 말할 수 있도록
나는 지금 많은 사람들을 사랑하겠습니다.

내 인생에 가을이 오면
나는 나에게
열심히 살았느냐고 물을 것입니다.

그때 자신 있게 말할 수 있도록
나는 지금 맞이하고 있는 하루하루를
최선을 다하며 살겠습니다.

내 인생에 가을이 오면
나는 나에게
사람들에게 상처를 준 일이
없었냐고 물을 것입니다.

그때 자신 있게 말할 수 있도록
사람들을 상처 주는 말과
행동을 하지 말아야 하겠습니다.

내 인생에 가을이 오면
나는 나에게
삶이 아름다웠느냐고 물을 것입니다.

그때 기쁘게 대답할 수 있도록
내 삶의 날들을 기쁨으로 아름답게
가꾸어 가야겠습니다.

내 인생에 가을이 오면
나는 나에게

세상에 보답하는 삶

어떤 열매를 얼마만큼 맺었느냐고
물을 것입니다.

내 마음 밭에 좋은 생각의 씨를 뿌려
좋은 말과 좋은 행동의 열매를
부지런히 키워야 하겠습니다.

우리 모두가 즐겨 부르는 Ireland의 가장 유명한 ballad인 *Oh Danny Boy*
(Scottish folk song)를 기억해 보자. 영국의 변호사 Frederic Weatherly
(1910)의 작사로, 전통적인 Irish melody, "Londonderry Air"에 편곡한 것
으로 (1913), 인간의 생사를 아름답게 받아들이게 한다.

이 노래는 Scottish Irish인 미국 상원위원 John McCain의 요청으로 그
의 장례식에서 Rene Fleming이 불러 더 인상적이었다.

Oh Danny boy, the pipes, the pipes are calling.
From glen to glen, and down the mountain side
The summer's gone, and all the roses falling.
'Tis you, 'tis you must go and I must bide.
저 목동의 피리소리 들리네.
골짜기로 산마루를 따라
여름은 가고 장미는 떨어지니
너는 가야지만, 나는 머무네.

But come ye back when summer's in the meadow

Or when the valley's hushed and white with snow.

'Tis I'll be here in sunshine or in shadow

Oh Danny Boy, oh Danny boy, I love you so.

그러나 목장에 여름이 오고

또 골짜기에 고요한 흰 눈이 덮일 때 그대가 다시 오네.

나는 맑거나 흐린 날에도 여기 있으리.

아 목동아, 아 목동아, 내 사랑아.

But when he come, and all the flowers are dying.

If I am dead, as dead I well may be.

You'll come and find the place where I am lying

And kneel and say an "Ave" there for me.

그대가 돌아왔을 때 모든 꽃은 죽어가고

언젠가 나 또한 죽으면

그대가 와서 내가 누운 곳을 찾아

굽혀 내게 "안녕"이라고 말해 주오.

And I shall hear, tho' soft you tread above me.

And all my grave will warm and sweeter be.

For you will bend and tell me that you love me.

And I shall sleep in peace until you come to me.

그대가 나 있는 곳에 와서 그대 소리를 들으면

나 묻힌 무덤이 따뜻하고 정겨우리라

그대가 굽혀 나를 사랑한다고 말하기에

그대가 올 때까지 나는 편히 자리라.

옛날 한국에서 기억하던 가사는:

저 목동들의 피리소리들은

산골짝 마다 울려 나오고

여름은 가고 꽃은 떨어지니

너도 가고 또 나도 가야지.

저 목장에는 여름철이 오고 산골짝마다 눈이 덮혀도

나 항상 오래 여기 살리라.

아 목동아, 아 목동아, 내 사랑아.

이 책을 출판하기까지 번거로운 일을 감당한 좋은땅의 이기봉 사장과 편집부원들의 수고에 감사한다.

늘 인생의 반려자로 곁에서 조언과 헌신으로 도와주고 향상시킨 조병련 교수의 한결같은 희생과 수고에 감사하고, 이 책을 증정한다.

목차

II
실천

I.

이론

1.

자연

인간행로人間行路는 자연에서 출발한다. 인간은 자연의 일부로, 자연은 인간의 모태이고 생활터전이며 활동배경이지만 인간이 자연의 독점자가 아니며, 자연은 이 땅 위의 모든 식물과 동물의 근원이며 공유해야 할 터전이다. Mircea Eliade가 포착한 대로, 종교인에게 자연은 자연 그대로가 아니고 항상 종교적인 가치를 지닌다. 자연의 규모와 운행은 신비의 영역으로, 경외와 찬미와 감동의 소산이다. 자연이 우리에게 주는 심오한 의미에 접해 보기로 하자.

첫째로, 자연은 사람의 간섭이 없는 천연 그대로의 상태를 말하는 것으로, 이름 그대로 자연스럽다. 자연은 아무런 꾸밈의 가식이나 허위가 없는, 옛부터 한결같은 그대로의 모습으로, 그 생김새 그대로 청초하고, 순진한 기품으로 환희와 경외로, 감동과 영감을 자연스럽게 베푼다.

둘째로, 자연은 무상無償의 것이다. 조건이 없고, 보상도 없이, 그냥 저절로 베풀어진 것이다. 인간 삶에 필요한 물질적, 정신적 자원으로의 풍성한 자연이다. 각박한 인간 세상에 한 결 같이 쏟아 부어주는 햇살은 우리도 그처럼 퍼부어 줄 수 있는 아량을 암시한다. 그러기에 남에게 베풀고는 깡그리 잊으라고 지혜는 일러준다.

셋째로, 자연은 침묵으로 일관한다. 자연은 장대하면서 말이 없다. 설명이 없고 내세움이 없으며, 선택하지 않으며 판단 없이 언제나 한결같은 동작/무無 동작으로 일관한다. 반면에 인간의 소견은 조잡하고 번거롭다. 안다는 것은 다음에 오는 추구의 전제일 뿐, 궁극적인 지식의 한 조각일 뿐이다. 어느 전문가도 자기 분야를 다 안다고 자부하지 못한다.

넷째로, 자연은 깨우침을 준다. 말없는 자연 속에서 들을 수 있다는 것은 지혜의 높은 경지를 일러준다. 그리스의 철인으로 스토아학파의 시조인 Zeno335-263BC는 인생의 목표를 자연에 따라 사는 것으로 설파說破했다.

다섯째로, 자연은 인생이 기대고 쉬면서 위로받는 유일한 휴식의 공간으로 안식과 치유의 장소이다. 세상살이에서 지친 인간이 마음에 위로를 받고 몸을 편히 쉬게 하는 안위安慰의 처소이다.

여섯째로, 이토록 자연은 인간에게 베풀어 주는 천연자원이기에 인간은 이를 보존하는 책임을 진다. 깨인 문명의 척도는 이에 대한 각성과 책임으로 부각浮刻된다.

2.

인간

인간人間이란 사람, 또는 인류를 지칭하고, 사람이 사는 곳, 세상을 가르치기도 한다. 폭과 깊이로 사람의 됨됨이를 의미하기도 하여, 이런 맥락에서 마음에 마땅치 않은 사람을 낮잡아 일컫는 말이기도 하다.

영국의 철학자 David Hume1711-1776은 인간이 연구의 실제 주제가 되어야 한다고 주장하여, 인간의 본성 연구가 과학의 완전한 체계를 이룬다고 했다. 이런 맥락에서 인간의 모든 학문으로 철학, 신학, 심리학, 인류학, 사회학, 정치학, 경제학, 자연과학, 기계공학 등 모든 분야는 인간의 생활을 발전/향상시키기 위한 자원이다.

근세기에 들어 자연의 위협에서 풀려나는 많은 자유를 획득하는 가운데도, 여전히 사람이 저지른 수많은 위기에 봉착하면서 인간이 도대체 무엇인가를 묻기에 이르렀다. 격상格上하는 위치에 있는 인간의 정황을 이해하기 위해 인간의 특성을 살펴보자.

첫째로, 현대 생물학에 의하면 인간은 동물과科에 속한다. 동물은 새, 짐승, 물고기 등의 총칭으로, 사람을 제외한 것으로 일컬었지만, 근본적으로 인간도 이에 속한다. 여기에 인간의 높은 수준과 낮은 경지의 증폭이 가능한다.

둘째로, 인간은 자아의식自我意識을 지닌 점에서 다른 동물과 구분된다. 생각하고 구별하며 선택하고 계획하며 수행하는 능력을 지닌 점이다. 하는 일을 숙고하고 반성하고 수정하는 역량을 수반한다. 바림직한 가치관을 반영하여 스스로와 속한 사회의 발전에 기여할 수 있다. 인간사회에는 생각이 행동을 가늠하는 지각 있는 삶이 요청된다.

셋째로, 자기 존경을 가꾸어 갈 수 있다는 것이다. 세상만사는 자기로부터 시작한다. 자기가 있어야 상대가 있고, 상대가 있어야 자기가 분명해지고, 상호관계 안에서 인생사가 이루어지기에, 먼저 자기 존재의 의미를 분명히 해야 한다.

넷째로, 인간은 행동의 주체이다. 분명한 의식에서 하는 동작이 행동이다. 세계관이 배경이 되어 의도한 바를 이루는 행위를 성취하는 역량을 지닌다. 행동은 인간생활에서 마음가짐mood으로, 올바른 생각을 행동으로 옮기는 때 변화가 태동한다.

다섯째로, 인간은 책임을 진다. 인간은 자기의식에서 자유선택을 통해 취한 행동결과에 대해 책임질 수 있어야 한다.

여섯째로, 인간의 삶은 과정process이다. 어느 한 순간에 정지되고 완성되는 종결이 아니고 계속 진행, 변화하는 경과becoming라는 말이다. 인생은 한 결론이 아니고 진행하는 과정in the making으로, 주어진 순간들을 이어가는 것이다.

인간의 이해에서 발전, 향상하는 잠재성은 물론 시간과 공간의 제약에서 침체, 정지하는 제한성도 고려되어야 한다. J. Philip Wogaman은 보스턴 대학 출신으로, 저자의 선배이며, Wesley Theologial Seminary의 학장을 지냈고 저자가 졸업한 Iliff 신학교에서도 임시 학장을 지냈는데, annual conference로 매년 모여 수양회에 강사로 온 그를 만나 Boston과 Denver의 인연을 함께 나눈 일이 있다. 그는 사회윤리 분야에서 다른 학문과의 대화로 참신한 기풍을 수립하고 있다. 긍정적인 면과 부정적인 면으로 인간이해를 제시하면서 도덕적인 가정presumption을 두 가지 면으로 나누어 제시한다.

긍정적인 가정으로
1. 창조된 존재의 선함: 창조된 것은 선한 것으로, 인간도 선한 일을 위해 지여진 것으로, 감사로 받아들여 정의가 깃든 선을 진작시킨다.

2. 개인 생활의 가치: 사회생활의 기본 단위로, 개인의 가치를 존중하고 개인 생활에서 시발점을 이룬다.

3. 하나님 안에서 인간가족의 단위: 하나님과의 관계에서 시작하는 언약의 공동체로 온 인류가 한 가족을 이루어 애타적인 정신으로 공동책임을 나누는 세계화globalism를 이룬다.

4. 하나님 앞에서 인간의 동등성: 하나님의 똑같은 사랑 안에서 인간 모두가 편견 없이 동등하고 차별이나 소외가 있을 수 없다.

부정적인 가정으로
1. 인간의 한계: 인간에게는 정신적, 육체적인 엄연한 한계가 있어 제한되고, 더불어 시간의 한계에서 제약된다.

2. 인간의 죄성: 자기중심적인 교만으로 자기 욕심에 몰두하는 자만이 있다. [J. Philip Wogaman, *A Christian Method of Moral Judgment* (Philadelphia: The Westmiinster Press, 1976), pp. 60-109]

또한 인간이해에서, 생활 속에 존재하는 극단의 양극성의 고려가 필요하다.
1. 개인/인간의 사회성: 개인의 권위가 존중되고 그의 책임이 중요하지만, 이것은 사회 공동체 안에서 성취되기 때문에 사회성도 고려해야 한다.

2. 자유/책임: 개인의 자유가 보장되어 자유로운 결단이 있어야 하지만, 자유는 절대적인 것이 아니고 상대적이며, 동시에 하나님과 사람 앞에 응답하는 책임을 지닌다.

3. 종속성/일반성: 사회관심이 자신과 가족과 지역에서 시작하는 지역적인 면이 있고, 그다음 단계로 세계의 상호의존적인 관계에서 국가주의를 탈피하는 폭넓은 시각을 지녀야 한다.

4. 보전/쇄신: 사회질서를 유지하는 보수적인 경향도 있지만, 동시에 현상유지의 자기 이득과 범위를 탈피하여, 사회가 개방되고 발전을 가져오는 변화가 있어야 한다.

5. 낙관/비관: 세상이 좋은 방향으로 발전하는 소망의 낙관이 있지만, 욕심을 쫓아 부정에 이르는 제한된 비관도 있다. [Ibid., pp. 132-151]

3.

향학向學

사람은 한평생을 배우는데 학교 교육과정을 통해서가 보편적이나, 정규과정을 거치지 않고서도 크게 성공하는 이를 많이 볼 수 있다. 잘한 것을 통해서도 배우고, 잘못을 통해서도 배우고, 어린 아이를 통해서도, 또한 적에게서도 배울 수가 있다. 말 없는 자연에서 배우고, 다른 종교에서도 배울 수가 있다.

인간의 삶에는 또한 무지의 상태가 있다. 무지란 무식하여 모르는 것을 말한다. Ignorance is bless무지가 복이라는 속담처럼 거리낌 없이 편하게 살 수도 있지만 향상을 가져올 수는 없다.

미국의 독립혁명1775-1783에서 역사적인 인물로, 또한 전기발전실험으로 유명한 Benjamin Franklin1706-1790은 *Autobiography*자서전에서 배우는 일을 통해 자기통찰과 수양과 개선으로 성공에 이른다고 했고, 지도자leader는 책을 읽는 자reader라고 했다. [Benjamin Franklin, *Autobiography*, 1790, *50 Self-Help Classics*, pp. 144-49]

인생행로에서 배움의 동기가 분명이 존재한다.

첫째로, 적응하기 위한 필요에서이다.

인간은 세상에 태어나서 모태와는 다른 적대적인 환경에 적응하기 위해 배운다. 다른 사람과의 관계에서 서로 수락하고 적응하는 것을 배우게 되고, 사회는 모든 분야를 유능한 자질로 구성하고, 전문화된 기관에서는 관문통과를 요청하기 때문에 자격을 갖추어야 한다. 사람은 편하게 익숙한 쪽으로 기울어지기가 쉽지만, 이 편이와 안일을 물리치고 계속 분투노력할 때 발전이 더해지는 것이다.

둘째로, 더 높은 차원에 이르기 위해 배운다.

인류의 역사는 태고로부터 오늘에 이르기까지 파란 많은 우여곡절을 겪어 왔다. 현재 우리 주변에는 옛것에서부터 새로운 것에 이르기까지 다양한 모습이 존재한다. 그러나 시간이 가면서 새로운 사고방식에 이르고, 과학기술의 발달로 정보시대로 진압하는 이 시점에서, 안이하게 고색창연하고 구태의연한 것만을 고집할 수는 없다. 이것은 마치 현대복장을 하고 머리에 갓을 쓴 격이다. 세상에서 지혜wisdom와 지식knowledge은 계속 증가되고 발전되기에, 여기에 뒤지지 않기 위해서는 계속 up-to-date하는 노력이 필요하다.

최근 우리에게 책 제목부터 깊은 감명을 주는 *모자람의 위안: 삶의 한계를 긍정하고 감사하는 법*에서 Donald Mccullough는 그의 생활철학을 이렇게 표명하고 있다. "그래도 나는 뒷문으로 사라지는 몫을 보충하기 위해 늘 새로운 지식을 받아들일 작정이다." [Donald McCullough, 윤종석

세상에 보답하는 삶

역, *모자람의 위안: 삶의 한계를 긍정하고 감사하는 법* (Seoul: InterVarsity Press, 2006), p. 65]

셋째로, 공헌하기 위해 배운다.

개인의 차원에서는 물이 고여 있는 정체상태에서 벗어나서 생기 찬 스스로의 발전을 기해야 하고, 공동체 차원에서는 올바른 방향을 파악하고 정립하기 위해 여러 가지 경로를 통해 배우는 가운데서 성취할 수 있다. 그러나 배우지 못하는 경우에는 사회정립을 파괴하는 퇴보와 역행을 가져오게 마련이다.

넷째로, 올바로 행하기 위해 배운다.

인간의 제도는 필요와 시대요청에 따라 변화되어 온 것이므로, 우리가 처해 있는 환경과 제도를 이상적으로 구조하려는 노력이 필요하다. 우리가 선조로부터 물려받은 것을 더 못한 상태로 후손에게 물려준다면 그것은 우리 몫을 다하지 못한 것이다. 더 개선된 상태로 변화시키는 과제를 달성하기 위해 배우고 행동해야 한다. 비판적인 지성을 통해서만이 올바른 행동에 이를 수가 있다. 사람은 배우고 발전하는 잠재력을 지니고 있어 인생 여정 속에는 갈등, 위기, 좌절도 있지만, 그 가운데서 올바른 변화를 추구하는 때 모험을 통해 발전을 이룩하는 것이다.

4.

종교

원래 종교는 인간사회에서 쉽게 이해되는 것처럼 보이지만, 실상은 포착하기 어려운 것으로, 더욱이 현 세기에 들어 각양각색으로 논쟁의 여지가 많은 부문이다. 태고로부터 오늘에 이르기까지 이해할 수 없는 자연의 신비로부터 과학의 발달이 가져온 문명의 이기 속에서도 역시 풀 수 없는 곤궁을 거치면서 많은 변천을 거쳐 왔다. 분명히 종교는 포괄적inclusive인 이상이 내재하는데도 실생활에서는 배타적exclusive으로 표현되는 모순을 보여, 편협하여 이기적이고 테러 같은 부정적인 결과를 초래하는 것이 현실이다.

종교宗教: religion의 라틴어 어원인 *religare*는 "묶는다"는 뜻으로 결속을 의미한다. 고대 로마와 중세 유럽에서 종교라는 말은 신을 숭배하는 의례에서 그 절차나 엄숙한 태도, 혹은 기독교 공동체의 의례와 규율에 대해 사용했다. 종교라는 단어는 19세기 후반에 아시아에 수입되면서 서구문명 개방에 기선을 잡은 일본에서 처음 번역해서 사용한 말로, 한국과 중국에서도 그대로 사용하고 있다.

세상에 보답하는 삶

종교의 의미를 파악하기 위해 종교의 정의를 알아보기로 하는데, 종교 학자 Daniel L. Pals가 여덟 가지 종교이론을 소개하면서, 정의에서 피력하는 그의 견해는 "종교는 흔히 너무 개인적이고, 파악하기 어려우며, 다양해서 정의를 허용치 않으며, 사람에 따라서 거의 무엇이나 뜻할 수 있다"고 밝힌다. [조병련, 전중현 공역, *여덟 가지 종교 이론들*, p. 33]

*New York Times*의 편집인 Nicholas Wade는 최근에 출판한 *신앙 본능* *The Faith Instinct*에서 종교를 정의하는데, 종교 전문가가 아닌 언론인의 안목에서 보는 실제적인 이해라고 보아 여기 소개한다.

종교는 기도와 희생으로 초자연의 대행자와 은연중에 협상하여 계명을 받아, 사회 구성원들의 관심을, 신의 징계를 통해 공익에 종속시키려는, 정서적으로 믿음과 행함을 결속하는 체계이다. [Nichols Wade, *The Faith Instinct*, p. 3]

인간의 삶에는 종교가 깊이 관여하여 인간을 "종교적인 존재"라고 한다. 간략한 설명으로 종교를 "신 또는 초인간적, 초자연적인 힘에 대해 인간이 경외, 존숭, 숭앙하는 일종의 총계적 체계"로 말하고 있다. [*민중국어사전*, p. 2263]

종교이론을 심도 있게 다룬 Daniel L. Pals, *Seven Theories of Religion* (1976)을 운 좋게 접한 일이 있다. 이 저자는 Calvin 신학교를 졸업한 신학자이다. 그는 University of Chicago의 석사와 철학박사로, 1980년 이후

University of Miami의 종교과장으로 Outstanding Honor를 받고, 주목할 만한 종교교육가로 지명되었다. 이 책의 범위는 방대하고 20세기의 전체 지성적 문화를 형성하는 데 이바지한 인물들을 다루고 있다. 한국에서도 이미 이 서적의 심도와 효용성이 인정되어 종교과 학생들에게 중요한 서적이다.

이 책을 Harvard 대학 근처 서점에서 찾아 읽고 이 양서良書를 다른 사람들과 함께 나누겠다는 생각으로 번역을 구상했다. 저자에게 전화로 이 뜻을 밝혔더니 환영해 주었다. 집사람의 수고로 번역을 거의 마치는 때 저자에게서 전화가 와서 조언하는 말이, 한국 출판사가 이 책의 출판사인 Oxford Press에 직접 전화하라고 했다. 한국의 출판사를 정하기 이전이여서 먼저 Oxford Press에 전화했더니, 한국 출판사에게 번역권을 허락해서 나로서는 할 수 없다고 했다.

그래도 미진한 생각이 들어 Oxford Press에 다시 전화해서 한국 출판사의 전화번호를 알아 전화했더니, 저자가 일곱 가지 이론들에서 Max Weber를 첨가하여 여덟 이론들로 확대했고, 다른 여러 부문에 첨가/변경한 것이 많아, 역자가 더는 못 하겠다고 포기해서, 내가 할 수 있다고 했다. 이때까지 출판권은 출판사가 지니는 것을 몰랐던 것이다.

번역을 다 하고도 출판하지 못 할 뻔했던 책으로, 집사람의 전적인 헌신으로 번역을 완성할 수 있었다. 연세대 교목실장/교회 담임 이계준 박사가 출판사를 소개해 주었고, 영문으로 340페이지가 한국어 번역으로 562

페이지에 달한다. 번역 자체가 어려운 일로 인내를 요하는 과제임을 깨닫기에 이르렀다.

저명한 종교사회학자 Robert Bellah1927-2013는 종교를 현실을 다루는 상징형태라고 보기 때문에, 종교를 시기적인 현상으로 보는 상징적 환원주의還元主義: reductionism를 거부한다. 환원주의는 복잡한 현상을 단순화하게 환원하려는 이론으로, 종교를 과학역사 가운데 한 단계로 보는 것이다. Bellah는 종교의 과학적 연구의 근본으로 상징적 현실주의realism를 택한다. 그 핵심은 상징이 현실을 표현하여 진실이라는 주장으로, 종교가 "인간을 인간실존의 궁극적인 조건에 결부시키는 상징적인 형태와 행위의 한 조"라고 정의한다. [Robert Bellah, *Beyond Belief: Essays on Religion in a Post-Traditional World* (New York: Harper & Row, 1970), p. 25]

Bellah는 독창적인 종교진화에 대한 이론공식을 제기한다. 이러한 관심은 18세기에 Vico, 19세기에 Hegel, Comte와 Spencer, 20세기에 Weber와 Durkheim에게서도 보인 것이다. 진화는 환경에 적응하기 위해 증가하는 분화分化: differentiation과정이다. 고난과 불확실성을 극복하고 초월하기 위해 인간은 상징화를 통해 자기 환경에서 어느 정도 자유를 획득한다. 여기에 3가지 전제가 있다.

1. 종교의 상징화는 보다 분화되면서 포괄적으로 합리적인 방향으로 변화된다.

2. 종교의 행동이 상징화의 변화에 따라서 변하게 된다.

3. 종교의 진화가 사회과정의 변화와 관련된다.

종교진화를 5단계로 나눈다.

1. 신석기 시대의 원시종교는 신비의 세계로, 종교행동은 예식禮式: ritual
   이 주였다. 종교기관은 종교와 사회가 하나이면서, 종교가 사회결속
   을 강화했다. 종교와 사회가 일치하는 이 융통성이 급진적인 개혁에
   장애가 되어 세계를 변화시키는 일에 별로 힘이 되지 못했다.

2. 고대종교(주전 1000년까지)에서 신화와 예식이 체계화되었다. 상징
   체계는 자연과 인간 세계를 통제하기 위해 신비적인 것을 객관화했
   다. 기관은 상위 신분 그룹이 초종교적인 신분을 주장했고, 종교적인
   요구와 성직자의 기능 사이에 긴장이 별로 없었다. 사회적인 복종은
   종교적인 인가로 보강되었다.

3. 역사적인 종교, 즉 불교, 기독교, 이슬람교 같은 세계 대종교의 발생
   으로 고무되어 상징체계는 단일 세계관에서 초월선험론超越先驗論:
   transcendentalism으로 발전되었다. 종교행동은 이 세상으로부터의 종
   교적인 탈퇴로, 구원의 필요성과 관련되었다. 여기서 종교는 현존하
   는 사회질서의 합법화와 보장으로 사회와의 유대를 제공했다.

4. 초기의 현대종교는 서방의 종교개혁 시기로, 계급조직 구조가 몰락
   하고, 두 세계 간의 보다 직접적인 대결이 조성되어 구원을 세상 행

세상에 보답하는 삶

위 가운데서 구했다. 상징체계에서 개인과 초월실재 간의 직접적인 관계가 이 세상에서의 적극적, 자율적인 행동을 유도했다. 세상을 하나님의 영광의 무대로 보고, 행동은 전체 삶에 일치해서 자발적인 민주적인 사회에 집중하게 되었다. 발전도상의 국가에서는 교회와 국가가 권위에서 한계를 정하게 되었다.

5. 현대종교에서는 이원론의 붕괴로 계급조직의 이중적 체계를 거부한다. 인간은 인간상황 자체의 구조에 종교를 근거한다. 종교집단의 독점이 사라지고, 사람은 자기 운명과 상칭체계 선택에 책임진다. 이 점에서 주요 신학자는 Schleirmacher, Tillich, Bultmann과 Bonhoeffer 등이다. 교리의 전통과 종교가 지지하던 도덕표준의 몰락으로, 종교행동은 개인의 성숙과 사회적인 타당성을 요구한다. 사회기구는 인간행동의 창조적인 혁신에서 스스로 교정하는 민주적인 사회가 된다.

각 단계마다 변화의 잠재성과 개인과 사회의 자유가 주변 조건하에서 증가되었다. 점차로 분화된 상징체계에서 개인의 결단과 헌신에 더 많은 요구가 따랐고, 이것이 종교적인 개인주의로, Thomas Luckmann은 개인화individuation라고 했다. Bellah는 사람이 사람을 착취하는 일을 극복하기 위해 자유와 창작을 지닌 인간해방을 강조한다.

여기서 인간이 자연세계에서 경험하는 발전의 과정을 크게 시기적인 변천에 의해 구별해 볼 때, 점차적으로 발달하는 양상임을 볼 수 있다. 프랑스의 종교 개혁가 John Calvin1509-1564은 하나님의 계시는 서서히 진화되는 과정으로 각 역사의 단계마다 인간의 제한된 역량에 따라 진리를 적용시켰다고 관찰했다. 그 예로 하나님이 이스라엘 백성들에게 주신 교훈과 인도가 시간의 변천에 따라 달라지고 발전되었다. 뿐만 아니라 인류의 지성사에서도 Nicolas Copernicus1473-1543의 태양이 지구를 도는 것이 아니고 지구와 위성이 태양 주위를 돈다는 태양중심설은 당시에 받아들일 수 없는 학설이었다. 그 후에 Galileo Galilei1564-1642가 망원경을 통해서 위성이 태양의 주변을 돈다는 Copernicus설을 실제로 관찰해서 입증했지만, 종교 재판에서 Galilei에게 침묵하고 철회하라고 강압한 것은, 그 학설 때문이 아니고 그의 성격과 관련된 다른 이유로, 당사자의 공격적이고 도발적인 기질 때문이었다고 밝히고 있다. [Karen Armstrong, *The Bible: A Biography* (New York: Grove Press, 2007), pp. 166-168]

Robert Bellah는 개인의 차원에서, 마음의 습관을 가치관의 거울로 보아 자신의 마음을 들여다보고 자신의 습관을 비판하고 교정하기를 권한다. 개인주의에서 타인을 고려하고 존중해서 공동체를 형성하는 과제를 상기시킨다. 이제 다시 한번 고려해야 할, 좋은 사회를 육성하는 일에서 '종교가 문화의 재건'에 기여할 것을 제창하며, 사회의 현실에서 믿음이 가져다주는 행동을 주시하여 윤리적인 면과 결부시키고 있다. [Robert Bellah, *Habits of the Heart: Individualism and Commitment in American Life* (New York: Harper & Row, 1985). Richard K. Wood, American Habits: *Robert Bellah and Cultural Reformation* (*Christian Century*, September 4, 2007), pp. 33-37]

세상에 보답하는 삶

사회과학은 사회를 이해하도록 설명을 시도하는데, 종교를 깊이 이해하기 위하여 종교의 역할을 세 가지 이론으로 분석한다.

첫째로 기능적 분석functional analysis으로 사회적 과정을 하나의 렌즈를 통해 보기 때문에 왜곡될 수도 있다. 여기에 방해적, 반대적인 요소가 있기 때문에 Robert Merton은 역기능dysfunction, 잠재적latent: 의도되지도 않고, 인정되지도 않은 것, 현재적顯在的: 의도되고 인정된 것 기능의 개념을 발전시킨다.

1. 사회 안정을 강조하여 갈등과 변화를 등한시한다.
2. 사회적인 기능을 중대하게 보기 때문에, 개인적인 역기능을 필요악으로 본다. 예를 들면, Sigmund Freud의 심리적인 neurosis와, Karl Marx의 경제적인 class struggle에서 alienation이 조성된다.
3. 기능을 강조하여 역사적인 과정을 상실한다.
4. 종교에서 영향을 받고 종교에 영향을 미치는 기능에 주로 관여하기 때문에, 의혹의 기능과 역기능에도 주의를 기울여야 한다.
5. 종교가 성취하는 주요 요소를 강조하여 새로운 형태의 종교를 등한시한다.
6. 사회과학자들은 증명도, 부정도 할 수 없는 신의 존재를 부인하지 않고, 하나님은 믿음으로만 체험할 수 있는 "세상에서 가장 중요한 실재"로 보고 있다. [Karen Armstrong, *The Bible: A Biograpy: The 4,000 years of Judaism, Christianity and Islam* (New York: A Ballantine Book, 1993), p. xx & 20]

둘째로, 갈등의 이론conflict theory으로, Walter Buckley와 Ralf Dahrendorf 는 이상異常과 사회변화에의 공헌을 중요시한다. 정의구현이 불확실한 세계에서 과학적인 탐구는 다양성 안에 상호비판을 요한다. 여기서 자유 자체가 정의의 역할을 한다. 다양성과 자유를 허용하여 갈등 가운데서 사회변화를 위한 근거를 마련해야 한다.

1. 사회 와해瓦解의 자원으로
2. 통합의 자원이 된다.
3. 종교단체 안에서, 또한 종교단체 간에서 현저한 요소로
4. 변화의 자원이 된다.

여기서 보는 바와 같이 기능적 분석과 갈등의 이론은 상호배제적이 아니고, 상호 보완적인 역할을 한다. [Keith A. *Roberts, Religion in Sociological Perspective* (Homewood, Il: The Dorsey Press, 1984), pp. 75-87]

셋째로, 해석학적 이해이다. 종교이해에서 가장 큰 비중을 차지하는 문화인류학자 Cliffod Geertz1926-2006는 다른 모든 사회과학에서도 가장 선두적인 학자로 인정받고 있다. 그는 종교에 관해 예리한 관심을 지니고 탐구하면서 인간 사회생활의 전 범위를 다루고 있다.

Geertz는 San Francisco에서 태어나, 1950년 Ohio의 Antioch College에서 철학 석사학위를 마친 후, Harvard University에서 인류학을 전공했다. 기술민속학記述民俗學 연구로 직접 Bali와 Java에 가서 Islam을 연구하면서

경제, 정치, 상호생활 관련을 탐색했다.

그의 기본 입장은, 인간의 문화적인 활동은 실로 특이한 것으로, 자연세계를 설명하는 과학의 방법으로는 포착할 수 없다는 것이다. 이유는 복잡한 의미의 체계가 문화이기 때문이고. 그중 가장 중요한 문화적인 행위가 바로 종교라고 본다. 종교를 이해하는 방법은 설명이 아니라 해석이며, 인간의 삶과 생각을 이해하는 것이라고 보고 있다. 그의 가장 유명한 저술도 *The Interpretation of Cultures*문화의 해석이다.

그가 Harvard에 갔을 때는 사회학의 기능학파 창시자인 Talcott Parsons 교수가 영국의 Tylor와 Frazer처럼 심리학만은 제외된 모든 학문들을 다 포함한 비교방법으로 대이론grand theory을 주장했는데, 사실 이 학파는 이미 사양길에 들어서고 있었다. 그 이후로 Evans-Pritchard와 현지조사fieldwork 인류학의 선구자인 Bronislaw Maliowski1884-1942는 이론은 한곳에서 몇 년 내지 10여 년 동안 현지 관찰한 엄격한 기술민속학에 근거해야 한다고 했다. Parsons는 사회체계 안에서 적응adaptive하고, 통합integrating하는 선행조건을 병렬竝列하는데, 그가 배출한 우수한 제자인 종교사회학의 Robert Bellah와 종교인류학의 Clifford Geertz가 이것을 종교현상에 기본 상극相剋으로 적용하고 있다.

Geertz는 문화의 분석이 법을 찾아내는 실험과학이 아니고, 의미를 찾아내는 해석이라고 본다. 여기에서 종교를 통한 인간 행동이 이해를 초래한다. 기능적인 분석과 갈등의 분석을 대치하여 Geertz는 문화의 해석학적 이론을 제시한다. 그의 심오한 연구는 이론과 관찰연구에서 가장 만족할 수 있는 관계를 조성하여, 이론과 실천 분야에서 다른 학문에까지 지대한 공헌을 하고 있다.

종교는 파악하기가 가장 어려운 주제이다. 종교의 핵심은 상징적인 표현이며, 인류만이 지니는 특징으로, 가장 소중한 것을 다룰 때 다른 물체로 표시해서 세계를 경험하는 것이다. 상징symbol은 사회집단의 약속으로, 말로 설명할 수 없는 추상적인 사물, 개념 따위를 구체적인 사물로 나타내는 것으로, 그 대상물, 표상, 심벌이다. 예를 들어 비둘기는 평화의 상징이고, 국기는 국가를 상징하고, 반지는 사랑의 정절을 표하며, 포도주는 하나님의 사랑을 예수의 피로 상징해서, 세상을 이해한다. 그는 문화를 인간 행위를 위한 기호記號의 망網: 정연하고도 치밀한 조직, 짜임새으로, 또한 통제장치로 이해한다. 가장 많이 인용되는 그의 유명한 종교의 정의를 들어본다.

> (1) 작용하는 상징의 한 체계로서, (2) 사람들 속에 강력하며 널리 영향을 미치며 오래 지속되는 분위기moods와 동기들을 확립하는데, (3) 그 방법은 (종교가) 존재의 일반적 질서에 대한 개념들을 형성함으로써, 또한 (4) 이런 개념들에 사실성의 아우라an aura of factuality를 덧입힘으로써, (5) 그런 분위기와 동기들이 독특하게 실재적인realistic 것처럼 보이도록 만드는 방법을 통해서다. [Clifford Geertz, *The Interpretation of Cultures*, p. 90, 번역서, p. 471]

종교는 의미를 부여하는데, 세계관과 기풍氣風: ethos으로 세계를 보는 특별한 시각을 주고, 행동의 청사진으로 기풍이 인간의 행동을 안내한다. 여기서 주관적인 삶이 마련되고 사회행동이 조성된다.

종교는 '문화체계의 모형model of'으로, 또한 문화적인 현실을 '위한 모형model for'이다. [위의 책 p. 93] 쉽게 풀이해 본다면, 한국문화에서 춘향전은 바람직한 여성상으로 사회의 모형model of이고, 다시 사회에서 본받아야 할 모형model for이 된다. 마찬가지로 교회는 사회의 모형으로 인간의 온갖 문제가 곁들어 있지만, 예배와 집회를 통해서 사회에 모범적인 행동을 마련한다.

종교적인 상징은 가치와 동기를 '실제 사실'로 느끼도록 만든다. 종교 혹은 신앙은 사회적인 세력으로써 인간사회를 대하는 시각을 준다. 이 시각은 다시 사회 안에서 마음가짐과 동기로, 현실적인 것으로 작용하여 인간 행위에서 가장 강력한 힘이 된다. 예를 들어 기독교의 경우, 하나님의 창조로부터 시작한 세계관은 믿는 이들에게 주체성을 주어 우주 안에서 그의 위치가 분명해지고, 이 동일감에 맞는 행동을 요구하는 마음의 동기를 마련해 준다. 다시 말해서 종교는 인간실존의 상황에서 특정 행동을 요구한다.

Hans Mol은 동일감/주체성iendity을 그의 인생경험을 통해 생동감 있게 설명한다. 그는 네덜란드에서 태어나서, 새로운 대륙 Australia로 이민 가서 방랑하는 농부의 아들로 Sydney University를 마치고, 미국의 Union

신학교를 거쳐 Columbia 대학에서 Ph.D.를 마친 후 Maryland주 북쪽에 정착하게 되는 소외된 과정 속에서, 종교가 동일감을 신성화하는 역할을 절감한다. 이런 과정 속에서 그는 인류학, 역사, 심리학, 사회학의 종교 접근을 건설적인 것으로 주시한다. 이 과정을 통해 종교는 우주 안에서의 자기 위치를 명시하며, 여기서 동일감과 질서와 실재를 보는 시각이 모두 연관되면서 분명한 방향을 제시한다. 그의 책 제목도 *Idendity and the Sacred*동일감과 거룩이다. [Hans Mol, *Idendity and the Sacred*, 1976] 여기서 이론과 실천의 상호관계가 생겨난다. 그러기에 Geertz는 종교의 인류학적 분석의 사명을 두 가지로, 첫 번째는 상징에 내재하는 의미의 체계를 분석하고, 두 번째로 이 체계를 사회구조와 심리적인 과정과 연결시키는 제안을 한다. [Geertz, *The Interpretation of Cultures*, p. 125.]

Max Weber와 Robert Bellah와 Clifford Geertz는 믿음과 사회행동, 혹은 인식과 도덕적인 책임의 분리할 수 없는 관계를 지적한다. 종교적인 시각에서 특이한 것은 어느 사회에서나 '유기적 결속'이 [Emile Durkheim, *The Division of Labor in Society* tr. George Simpson (New York: The Free Press, 1933), p. 407] 정의와 관련된 것이다. 인간의 지식과 관습을 초월하는 거룩과의 대화에서, 종교는 하나님과의 도덕적인 관계에서 인간결속의 재건을 위한 이상을 지닌다.

믿음과 행동을 연결하는 종교는 사람이 궁극적인 관심에서 유한한 인간의 개인적이고 사회적인 최상의 아이디어를 배양하게 한다. 이 가치관에 충실해서 이 초월적인 비전이 인간의 제한을 넘어서서 세상에서 지고

세상에 보답하는 삶

의 목표를 형성한다. 주어진 환경에서 증가하는 자율自律로, 이성 이외에 외적 권위나 자연적 욕망에 구속되지 않는다. 이성화의 과정에서 종교는 개인과 인간사회를 위하여 보다 폭넓은 개인의 책임과 참여를 요청한다.

종교는 인류의 발전과 함께 원시적인 모습에서 성숙한 태도로 자라 정신적 지주로서 인간에게 깊은 위로와 동시에 도전을 안겨준다. 처음에는 외형적인 제사와 의식에 몰두하던 일에서부터 점차로 개인의 중요성을 찾아 내면적인 자원으로 발전했다. 이것은 자각自覺의 길로, 진정한 자기를 발견하는 내적 평화의 길이다. 자기 야망과 탐욕을 제어하지 못하는 졸속拙速에서 벗어나 남을 생각해 주는 높은 차원의 경지로 승화한다.

인류역사의 발자취를 더듬어 보면 물자가 부족하여 고대로부터 싸워서 이겨 점령하고 통치하겠다고 대량 학살하던 원시적인 비참한 상황에서 서서히 깨닫게 된 것은 폭행을 그치고 평화롭게 살 수 있다는 착상이었다. 피비린내 나는 폭력과 전쟁 대신에 서로 용납하고 공존하는 자비로운 마음의 태동을 보게 되고, 이 과정에서 스스로를 돌아보는 자기비판의 정신으로 개인의 책임을 중요시하게 되고, 평화를 가져오는 효과적인 행동을 모색하기에 이른다.

5.

신앙

인간 삶의 긴 여정에서 많은 의문과 곤경困境이 불가피한 것으로, 이해할 수 없는 고난의 문제, 제어할 수 없는 좌절, 감당할 수 없는 적개심과, 불가피한 죽음의 비극 등을 들 수 있다. 여기에 부정적인 신비를 극복하고, 인생에 의미를 밝혀 주고 동기를 마련해 주고 행동에 박차를 가하는 자원이 필요하게 된다. 다사다난한 삶에서 안일한 일상의 수준을 넘어 정신적 혹은 영적인 차원에 폭과 깊이를 더해 주는 것은 신앙의 힘이다. 그러기에 사람homo sapiens을 종교적인 존재homo religious라고 일컫는다. 모든 문화마다 그 초기부터 사람들이 종교적인 영역에 깊이 관여하고 있음은 인류학과 역사를 통해 알 수 있는 사실이다.

신앙은 신, 또는 초자연적인 절대자를 "믿고 받드는 것"을 말하고, 믿음은 "믿는 마음"으로 구별하기는 하지만, 같은 의미로 사용되고 있다. 히브리서 11장 1절의 "믿음은 바라는 것들의 실상이요 보지 못하는 것들의 증거Faith is being sure of what we hope for and certain of what we do not see"라는 구절에서 〈확신 있는 바람〉으로 요약할 수 있다. 믿음은 우리가 원하는 것이 이루어진다는 것으로, 소망이 참으로 성취되는 것이다. 비록 우리가 볼 수 없다 해도, 믿음은 우리가 보는 바와 다름없이 확실한 것으로, 이런 일들이 우리 생활 속에서 입증되었기 때문에 우리 마음속에 확신을 지니게 된다.

영어에도 두 가지 단어가 있어, 보통 신앙으로 번역하는 faith는 객관적 근거는 없지만 전적으로 신뢰함을 말하고, 믿음으로 번역하는 belief는 의심 없이 받아들이는 것으로, 이제는 별로 구별을 두지 않고 사용되고 있다.

신앙이 실제로 무엇인가를 단계적으로 생각해 보자.

첫째로, 신앙은 깨달음이다.

깨달음은 사물의 본질이나 이치를 깨치어 알게 되는 것으로 지금까지 몰랐던 것을 알아내는 것이다. 이로 인하여 주어진 사항을 올바르게 판단할 수 있고, 앞으로 닥쳐오는 일을 알 수 있게 된다. 깨달음에 이르는 길을 시인 Robert Frost1874-1963는 재치 있게 표현했다.

> Franklin이 암시를 얻기까지 얼마나 많은 천둥이 쳤겠는가? Newton이 암시를 얻기까지 얼마나 많은 사과들이 그의 머리위에 떨어졌겠는가? 자연은 언제나 우리에게 암시해 주고 있다. 자연은 암시해 주고 또다시 암시해 준다. 그래서 언젠가 갑자기 그 암시를 깨닫게 된다. [Robert Frost, *The Figure of a Poem Makes: Preface of Collected Poems* (1939), *Familiar Quotations*, p. 750]

일상생활 속에서도 수많은 일과 계기가 우리에게 교훈과 암시를 던져준다. 좋은 일을 통해서이기도 하지만, 특히 어려움과 부정적인 일을 통해서이다. 특히 우리 한민족에게는 지정학적인 이유에서 역사의 숱한 어려움을 통해서 깨달음에 이르는 길을 보여 주었다. 생각 못한 동족상잔의 고통과 파괴는 우리 선조들이 물려준 금수강산의 허리를 두 동강이 낸 채 지금까지도 이 고통이 계속되고 있다. 그런 중에도 옛날 찢어지게 가난해 지지리 못살던 보리 고개에서 분연히 벗어나, 이제는 삼성과 LG의 전자제품과 현대, 기아의 차들이 세계를 누비는 산업국가로 발돋움하게 된 것은 선조들에게서 물려받은 슬기와 정성과 노력과 끈기가 가져온 소산이다.

소크라테스의 제자인 풀라토는 주전 4세기에 쓴 *공화국The Republic*에서 이상적인 국가의 개요를 다루고 있는데, 동굴의 비유에서 깊은 진리를 일깨워 준다. 동굴 안에 사람들이 살고 있는데 여기에는 바깥세상의 빛을 볼 수 있는 단 하나의 작은 창이 있을 뿐이다. 이 사람들은 평생 이 동굴 안에서 쇠사슬에 매여 벽만을 볼 수 있을 뿐 몸을 돌려 빛을 볼 수가 없었다. 이들 뒤에는 영원한 불이 있는데, 불 앞쪽으로 동물의 모양을 포함한 여러 가지 물건들을 나르는 사람들이 오고 간다. 그 모습들이 갇힌 사람들이 향한 벽에 비친다. 묶여 있는 사람들은 이 행진의 그림자와 자신의 그림자만 볼 수 있을 뿐이어서, 이들에게 "현실"은 그림자의 영상일 뿐 실상의 원형은 전혀 볼 수 없다.

그러다가 갇힌 자 하나를 풀어주려고 누군가가 들어온다. 풀려난 자는 동굴 밖에 나가 너무 밝은 햇빛에 눈이 부서 아플 지경이다. 시간이 지나

세상에 보답하는 삶

서야 그는 해가 세상의 참 빛으로 모든 자각의 자원임을 알게 되고, 동굴에 갇혀 있는 동료들이 희미하게 보이는 영상인 "현실"을 그대로 믿는 것을 측은하게 여긴다. 풀렸던 자가 동굴에 돌아와서는 어둠 속에서 잘 볼 수 없게 되고, 그의 동료들은 밝은 빛을 본 그의 행로가 그의 눈을 손상시킨 시간낭비라고 생각한다. 이들은 그의 세상이 영원히 변화된 것을 알 길이 없고, 그로서는 진리의 표면만을 보던 옛 생활로 돌아간다는 것은 상상도 못한다. 여기서 풀라토는 해를 선한 것의 비유로 사용하여, 선에 대한 인식이 쉽게 오지 않는다는 점을 강조한다. 동굴의 비유는 어두운 그림자를 쫓는 우리 삶의 여로를 상기시켜 피상적인 환상의 세상을 떠나 참된 진리를 찾는 길을 모색할 것을 권유한다. [Plato, *The Republic*, *50 Philosophical Classics*, pp. 232-37]

이 경지에 이르기 위해서는, 마음으로 분별하는 단계가 있어야 한다. 지금까지 외부에서 얻은 자원을 스스로에게 도전하며 이해하는 것이다. 이것은 스스로를 돌아보고 반성하여 스스로를 문제 삼아 숙고 분투하는 가운데 이루어진다. 이 투쟁에서 자신을 찾아내고 정립해야 하는 것으로, 분명한 것은 나 자신이 문제인고로, 다른 사람과의 연관 이전에, 먼저 나 스스로를 돌아봄이 우선이 되는 것이다.

자기 생각과 욕심에 집착한 채, 자기 이익만을 좇던 행위에서 벗어나서 새로운 눈으로, 다른 사람의 몫도 생각해 주는 공의를 염두에 둔 바른 양심으로 세상을 대하는 것이다. 지금까지 무모하게 묶여 있던 자신의 속박에서 풀려나와 자유함을 얻는 해방의 경지이다.

둘째로, 신앙은 시각視覺: perspective을 지닌다.

시각은 사물을 보는 견지로, 관찰하고 파악하는 기본자세를 마련한다. 지금까지의 피상적인 견해를 넘어 심각하고 진중하게 이해하려는 마음에서 각도가 생겨난다.

우주선이 하늘로 높이 올라가면서 찍은 지구 사진은 그전에는 몰랐던 새로운 모습을 보여 주는데, 새로운 시각에서 보게 되기 때문이다. 이것은 지금까지의 좁은 차원을 벗어나서 폭 넓은 시야로 올바르게 파악하는 관점을 새롭게 해 주어, 이제까지 보이지 않던 것을 볼 수 있게 한다. 여기서 이해심이 생기고 동정심compassion이 수반하게 되어 인간이 지녀야 할 바람직한 기본 마음바탕이 정립된다.

신앙생활이 주는 시각에서 자신의 동일감self-identity이 이루어지고, 이 우주 안에서 나의 위치가 정립되고, 사물을 보는 각도에서 세계관wordld-view이 형성된다. 다시 말하면, 그리스도의 제자로서 삶에서 그를 모방하고 그의 교훈을 이 세상에 이루는 세계건설을 추구하기에 이르는 것이다.

종교적 시각은 일반상식과는 달라서 일상생활의 방관자로가 아니라, 참가자로 진지하게 관여하는 높은 차원의 과제가 있다. 이때 이 시각은 세계관과 사회현실을 관련지어 고매한 행위로의 결실을 맺게 한다. 인간의 이상과 행위의 관련성을 잠언의 지혜는 이렇게 선포한다. 비전/시각이 없으면 멸망에 이른다는 말이다.

묵시가 없으면 백성이 방자히 행하거니와 율법을 지키는 자는 복이 있느니라. [잠언 29:18]

사도 바울은 시각을 지닌 자의 모습을 이렇게 설파한다.

깨끗함과 지식과 오래 참음과 자비함과 성령의 감화와 거짓이 없는 사랑과 진리의 말씀과 하나님의 능력 안에 있어 의의 병기로 좌우하고, 영광과 욕됨으로 말미암으며 악한 이름과 아름다운 이름으로 말미암으며 속이는 자 같으나 참되고, 무명한 자 같으나 유명한 자요 죽은 자 같으나 보라 우리가 살고 징계를 받는 자 같으나 죽임을 당하지 아니하고, 근심하는 자 같으나 항상 기뻐하고 가난한 자 같으나 많은 사람을 부요하게 하고, 아무것도 없는 자 같으나 모든 것을 가진 자로다.
고린도인들이여 너희를 향하여 우리의 입이 열리고 우리의 마음이 넓었으니, 너희가 우리 안에서 좁아진 것이 아니라 오직 너희 심정에서 좁아진 것이니라. 내가 자녀에게 말하듯 하노니 보답하는 양으로 너희도 마음을 넓히라. [고린도후서 6:6-13]

저명한 영국 종교학자 Karen Armstrong은 *The Case for God* (2009)에서 새로운 시각으로 독자들의 시선을 끌고 있다. 그녀가 Dordogne에 있는 Lascaux 지하땅굴에 가서 직접 체험한 이야기 속에서 종교를 새롭게 접해 볼 수가 있다. 이 동굴 안은 지금부터 2만 7천 년 전 구석기시대 인류의 조상들이 장식해 놓았는데, 90피트나 되는 비탈진 굴을 지나, 다시 60

피트를 더 내려가야 하는데, 이 속은 칠흑 같은 암흑이라서, 안내자가 천정에 빛을 비쳤을 때, 거기에 그려져 있는 동물들이 바위 속에서 튀어나오는 것처럼 보였다.

여기에 600개의 벽화와 1,500개의 판화版畵가 그려져 있었는데, 가만히 들여다보면, 검은 수사슴이 큰 소리로 으르렁대고, 암사슴이 드높이 뛰어넘으며, 그런가 하면 그 반대 방향으로 이동하는 말 떼의 행렬이 있다. 다른 입구에는 Nave라는 긴 통로가 있는데, 바위 높이에 수려한 사슴들의 행렬이 그려져 있어, 마치 헤엄치는 것처럼 보인다. 그 고대의 화가들이 벽에 구멍을 뚫고 이어놓은 위험한 발판 위에 서서, 깜빡거리는 작은 등잔불 밑에서 작업을 했겠지만, 지금 이것을 보는 사람들은 밝은 불로 그림을 더 명확하게 볼 수가 있다.

이곳만이 특별한 곳이 아니라, 불란서 남방과 스페인 북쪽 지역에 장식된 동굴이 무려 300여 개가 된다고 하는데, 각기 다르기는 하지만 그림의 주제와 그 배치가 같다. 제일 오래된 것은 Crosse Chauret에 있는 것으로 주전 3만 년 때의 것이다. 이 지역의 급작스런 인구증가의 변화로 사회적 긴장이 있었을 것으로 보며, 이러한 그림은 사회적으로 조성된 긴장의식을 나타내는 것으로 본다. 여기에 표현된 그림은 자연세계에 대한 심미적인 감상과 존중이라고 풀이하지만, 지금 우리가 의아해하는 이 놀라운 미궁迷宮은 예식을 거행하던 거룩한 장소라는 데 의견을 모은다. 이 구별된 거룩한 장소를 마련하기 위해 사람들이 쉽게 접근할 수 없는 그 깊은 동굴 속에, 가기에만도 몇 시간이 걸리는 곳에서 엄청난 작업을 한 것이다.

세상에 보답하는 삶

여기서 의문이 생긴다. 어떻게 이런 대단한 일을 감당할 수 있었을 것인가? 그 해답은 오로지 그들의 간절한 염원에서 찾을 수 있다고 본다. 당시 사람들은 생존하기 위해 동물을 사냥했고, 그러면서도 동물을 존중했다. 주전 12,000년에 만들어진, 다른 굴보다 더 깊어서 토굴Crypt이라고 부르는 동굴에 신기한 그림이 그려져 있는데, 몸 뒤쪽에 창을 맞아 내장이 튀어나온 큰 들소가 그려 있고, 그 상처 난 짐승 앞에 사람 하나가 누워 있는데, 동물보다 더 나을 게 없는 모습을 하고 있다. 두 팔은 쭉 뻗어 있고, 남근상은 솟아 있으며, 옆에 떨어져 있는 그의 막대기는 새 모양의 가면을 쓰고 있다. 여기에서 거룩한 장소, 즉 신정神政의 기초가 되는 신화를 엿볼 수 있는데, 사람이 팔로 동물을 높이 든 경건한 모습이다. 전문가들은 이 사람을 무당shaman이라고 본다. [Karen Armstrong, *The Case for God* (New York: Alfred A. Knopf, 2009), pp. 3-5]

태고로부터 신앙은 인간의 삶에 깊이 연결되어 있다. 우주 가운데 거하는 인간은 주어진 자연의 신비와 위협 가운데서 자연에 가까워지고 위험을 피해 안심하고 살기를 원해서 자연을 이해하고 설명하는 일이 필요하게 되었다. 원시시대의 지식의 한계 안에서는 초자연이라는 개념이 없었고, 자연과 초월이 모두 하나의 세계인 것으로 보았으며, 당시의 과학은 마술이었다. 그 이후에 와서야 "본래 종교적homo religious"인 존재로서, 인간의 한계를 넘어서는 "초월transcendence"을 인식하게 되었다.

중세기를 거쳐 우리 세대에 들어와 어느 유대인이 겪었던 인간의 참상은 인간사회에서 부조리가 가져온 처참한 비극이다. 나치의 유대인

대학살의 생존자로 보스턴 대학 교수이며 노벨 평화상 수상자인 Elie Wiesel은 Transylvania의 Sighet에서 태어났고, 1944년에 십 대 청년으로 Auschwitz 강제 수용소에 가게 된다. 첫날 밤 그의 어머니와 누나를 불태운 화장장에서 하늘로 솟아오르는 검은 연기를 보았는데, 몇 년 후 그는 이렇게 회상하고 있다. "신과 나의 영혼을 죽이고 내 꿈을 매장해버린 그 순간을 나는 잊을 수 없다." [Elie Wiesel, *Night*, trans Stella Rodway (Hamondworth, UK, 1981), p. 45]

하루는 비밀경찰이 "슬픈 눈을 지닌 천사" 얼굴의 아이를 교수형에 처하는 것을 보았는데, 그 아이는 죽는데 거의 한 시간이 걸렸고, 그 앞에 수천 명의 사람들을 강제로 끌고 나와 그 장면을 보게 했다. 이때 그의 뒤에서 누군가가 이렇게 중얼거렸다. "신이 어디 있는가? 신이 어디 있는가?" 그는 그 답을 자기 속에서 나오는 소리에서 이렇게 들었다. "신이 어디 있는가? 신은 교수대에서 처형당하고 있다." 폴란드 남서부의 도시인 Auschwitz의 나치 유대인 포로수용소에서 있었던 인간 존엄성에 역행한 참상은, 인간이 이성으로 바르게 해결/행동한다는 소망을 산산조각 냈다. 그렇다고 하면 인간의 마음속에 자리 잡은 깊은 종교심이 우리 주변에서 소망을 안겨 주는 자원으로 회복되어야 한다.

인간이 한평생에 주어진 그 많은 의무와 과제를 감당하기 위해서는 영감을 주고 동기를 마련해 주는 신앙의 뒷받침이 필요하다. 신앙은 사람에게 새로운 안목/시각을 마련해 주어, 먼저 하나님과의 개인적인 관계에서 나 스스로의 동일감이 형성되고, 여기서 이웃과의 관계가 같은 하나님의 자녀로 연관이 되고, 이 세상에서 사는 일이 하나님의 관심사를 대신하여 이루어야 할 과제들과의 연관으로 그 의미가 변모한다. 인간사의 한계를 넘어서게 하는 이 초월적인 안목은 새로운 결단과 책임으로 비전을 형성하고 보람의 열정으로 주변을 변화시키는 새로운 모습을 지니게 된다. 신앙은 우리가 세상을 대하는 태도이며, 내 스스로의 위치를 파악하게 하고, 은혜를 깨닫게 하는 통로가 되며, 약속을 지니기 위한 소망이 되고, 성취를 이루는 박력을 부여한다.

네덜란드 화가 van Rijin Rembrandt1606-1669는 탕자가 아버지 품으로 돌아오는 장면을 화폭에 실었는데, 같은 네덜란드에서 그 화가보다 300년 후에 태어난 영성작가 Henry Nouwen1932-1996이 *The Return of the Prodigal Son*돌아온 탕자에서 화가의 심경을 심도 있게 풀이하고 있다. [Henri J.M. Nouwen, *The Return of the Prodigal Son* (New York: Doubleday, 1992]

죽었다가 다시 살아온 아들을 맞는 아버지의 눈은 보기조차 어려울 정도로 노쇠해 있는데, 잃었던 아들을 부둥켜안은 아버지의 두 손을 가만히 들여다보면 그 크기가 다르다. 왼손은 거친 남자의 손이고, 오른손은 섬세한 여자의 부드러운 손이다. 이것은 아버지의 강함과 자비의 두 면을 보여 주고 있는 것으로 해석한다. 저자가 유럽 여행길에 네덜란드 암스텔담의 Rijin 미술박물관에 가서 이 그림을 감상하려 했으나, 이 그림만은 소련의 St. Petersburg에 소장되어 있다고 해서 크게 실망한 일이 있다.

우리가 당면하는 문제는 겉으로 보아 단순한 것 같으나 급히 속단하지 않고 좀 더 고려해 보면 여러 가지에 서로 얽혀 있어 보는 입장에 따라 여러 모습으로 나타난다. 그러기에 적어도 올바른 시각의 소중함이 이 때문이며, 마음으로 세상을 보는 믿음의 시각이 필요한 것이다. Alfred North Whitehead1861-1947는 인생사에서 무한한 가능성을 이렇게 진작시키고 있다.

> 우리 마음은 유한하다. 그러나 이 유한의 상황 속에서도 우리는 무한의 가능성으로 둘러싸여 있다.
> 인간 삶의 목적은 그 무한 속에서 되도록 많이 끌어내는 것이다. [Alfred North Whitehead, *Dialogues of Alfred North Whitehead*, June 21, 1941, *Familiar Quotations*, p. 698]

셋째로, 신앙은 변화의 체험이다.

깨달음을 거쳐 시각이 조성되면, 여기에 부응하는 변화가 뒤 따라야 한다. 변화 없이는 무가치한 것이 되고 만다. 이 말은 실재의 다른 차원을 발견했을 때, 심경의 변화가 형성되어 개심과 전향이 이루어져야 하는데, 이것이 종교체험의 핵심이다.

지금까지의 좁은 소견에서 벗어나서, 더 넓은 안목으로 세상을 보게 되면서 자기편의, 이익, 욕심에서 초연한, 자기와의 싸움에서 이기어 소유욕과 권위의식 등 포기할 것이 생긴다. 버릴 때는 미련 없이 다 버리고 옛 모습에서 해방되어, 참 자유를 누리는 새로운 사람이 되어야 한다. 새로운 나로 뒤바뀌는 참다운 변화는 한평생 계속 거쳐야 하는 과업이다.

교회는 새롭게 변화되는 경험을 나누는 공동체이고, 성경공부의 목적은 지식을 얻는 데 있지 않고, 변화하는 데 있다. 미국의 보수적인 복음주의 지도자 25명 가운데 한 명인 Brian D. McLaren은 *A New Kind of Christianity*새로운 기독교에서 오늘날 기독교인의 과제를 분명히 제시하여, 새로운 기독교가 태동해야 한다는 것이다. 그는 교회 구조 내에서가 아니라 밖에서 성취되기를 바라는 마음으로 [Brian D. McLaren, *A New Kind of Christianity: Ten Questions That are Transforming the Faith* (New York: Harper Collins, 2020), p. 3] 부정적인 여건 속에서 긍정적인 돌파구를 이렇게 찾는다.

> 나쁜 소식은 기독교 신앙이 그 모든 형태에서 문제가 있다는 것이고, 좋은 소식은 기독교 신앙이 그 모든 형태에 새로운 가능성을 내포하고 있는 점이다. [McLaren, *A New Kind of Christianity*, p. xi]

그러기 위해서는 예수님의 핵심 메시지를 오늘날의 문제에 적용해야 한다. 복음은 내세뿐만 아니라 이 세상의 삶을 위한 것이기도 하다. 맥라렌은 먼저 출판된 책의 제목대로 *모두가 변해야 한다*고 외친다. 이것이 소망의 혁명으로, 이것을 매일생활에 적용하면 큰 차이를 가져온다고 본다. 왜냐하면 우리 신앙 속에 우리를 자유케 하고 변화시키는 능력이 함축되어 있기 때문이다.

*Time*지가 20세기의 지성으로 선정한 알버트 아인슈타인의 말을 인용

하면, "그 문제를 야기 시킨 수준의 의식으로는 문제를 해결할 수 없다" 는 것이다. 지금까지 편의한 대로, 자기이익, 공포, 욕심과 압력의 풍조에 밀려 살아온 것을 되돌아 생각해 보고, 옛 방식을 의심하고 거부하고 탈피해서 믿음으로 새로운 양상의 분위기로 돌입하라는 것이다. [Brian D. McLaren, *Everthing Must Change* (Nashville, Thomas Nelson, 2007), p. 270] 이것은 보다 나은 미래를 위해 구조하고 변화시키는 것으로, "부정의의 산을 옮기고 창조성과 사랑이 흐르는 새로운 강을 만들기 위해서…산을 옮기고 모두가 변화됨을 우리 이야기로부터 시작하고, 믿음으로 시작하고, 지금 시작하고, 우리들로부터 시작하는 것"이라고 외친다. [McLaren, *Everything Must Change*, pp. 300-301]

사도 바울은 우리에게, 시대에 갇혀 있는 천박한 모습에서 벗어나서 비약飛躍하라고 권면한다.

> 너희는 이 세대를 본받지 말고 오직 마음을 새롭게 함으로 변
> 화를 받아 하나님의 선하시고 기뻐하시고 온전하신 뜻이 무엇
> 인지 분별하도록 하라. [로마서 12:2]

넷째로, 신앙은 행동이다.

인식cognition에 부응하는 행동action이 필요하다.

지금까지 깨달음이 있었고, 시각의 변화가 있었고, 마음의 변화가 뒤따랐다. 이 세 과정이 실제로 성취되는 결실이 바로 행동이다. 행동은 우리 생각하는 바를 실행하는 것으로, 기본이 되는 하루의 우리 삶의 현장으로

세상에 보답하는 삶

부터 이어지는 전 생애를 통한 행위인 것이다. 우리가 몸담고 사는 세상이 달라지고 보다 나은 세상이 되기 위해서는 실제의 구체적 행동이 요청되며, 우리 후손들에게 더 살기 좋은 세상을 남겨주기 위해서는 이 행동을 통한 변화의 결실을 남겨주어야 한다.

신앙은 생활을 위한 "실제의 것"이어야 한다. 안식일이 사람을 위해 있는 것처럼, 신앙은 사람을 위해 있는 것으로, 사람의 삶에 도움을 줄 수 있어야 한다. 이 세상에서 하나님이 허락해 주신 창조의 질서를 유지하기 위한 인간의 활동이 필요한데, 우리 인간이 만들어 놓은 제도와 조직이 인간 삶에 역효과를 주는 경우에는, 이를 바로잡아 시정해야 하는 사회재건social reconstruction이 요청된다.

인도의 Mohandas Karamchand (Mahatma) Gandhi1886-1948는 이렇게 말했다.

신앙이 정치와 무관하다고 말하는 사람은 신앙이 무엇인지 모르는 사람이다.

저자의 은사인 보스턴 대학의 Walter G. Muelder 교수는 마틴 루터 킹 목사의 은사로 "정치참여는 기독교인이 감당해야할 마지막 책임"이라고 강조했다.

우리 생활 속에서 정의, 평화, 평등, 자유, 사랑을 어떻게 이룩할 수 있겠는가? 세상을 보다 나은 세상으로 만들기 위해서는 생각만으로, 말만으로 이루어지는 것이 아니라, 실제 참가의 적극적 행동이 있어야 함은 철칙이다. 신앙생활은 이 세상의 다난한 일에서 손 떼고 초연하게 마음속에 신앙을 지닌다는 것만으로 족하지 않다. 이 세상사를 가만히 지켜만 보다가 자기 혼자만 천당 가는 일로 끝여서는 안 된다. 신앙은 이 세상으로부터의 도피가 아니라, 이 세상에 관여하는 참여이기 때문이다. 카렌 암스트롱은 "종교는 행동을 위한 프로그램"이라고 천명한다.

우리 가정생활에서부터 시작해 보자. 집안의 허다한 일들을 우리가 손수 해야 정돈이 되지 않겠는가? 우리 직장 일도, 교회 일도, 사회 일도 우리 모두가 팔 걷어붙이고 달려들어 해내야 하는 게 아니겠는가? 예수님의 동생으로 예루살렘 교회의 지도자였던 야고보는, 말에서 끝나는 것이 아니고 행동으로 결실을 맺는 예수님 가정의 믿음과 행함의 일치를 이렇게 권면하고 있다.

네가 보거니와 믿음이 그의 행함과 함께 일하고 행함으로 믿음이 온전케 되었느니라. [야고보서 2:22]

영혼 없는 몸이 죽은 것같이 행함이 없는 믿음은 죽은 것이니라. [야고보서 2:26]

실천 없는 이론이 공허 무미한 것같이, 행함이 없는 믿음은 유익이 없는 것이다. 이런 사람은 속담에 있듯이 남의 소만 세고 있는 소몰이꾼이라고 하겠다. 신앙은 우리 인생을 접하는 태도이며, 믿음은 생활 속에서 이루어져 살아 약동하는 행동이어야 한다.

그러기에 인간의 삶에는 이성도 중요하지만, 이에 못지않게 감성도 소중한 자원이다. 종교적인 진리는 이성이 아닌 신앙으로써만 파악할 수 있는 것으로 이것을 신앙주의fideism라고 칭한다.

6.

사회윤리

먼저 제일 간략한 사전의 설명을 들어본다.

윤리: "사람이 마땅히 행하거나 지켜야 한 도리, 곧 실제의 도덕규범이
　　　되는 원리, 인륜."

사회윤리: "인간의 사회적, 협동적 생활방면에 관한 도덕적인 규범의 총
　　　칭"으로 개인 윤리와 대조를 이룬다. [민중 국어사전]

윤리는 어떻게 행동해야 하는가, 사람이 옳다고 생각하는 것이 무엇인
지, 자신의 도덕적인 이해를 어떻게 생활화하여 실천하는지, 그리고 옳음
의 의미 등의 질문을 다룬다.

남을 생각해 주는 삶이란 이기주의를 극복하고, 올바르게 정의를 구현
하는 길이다. 그러기에 종교는 인간의 삶에 필수적인 것으로, 인간만이
지니는 창조성에서 사회행동, 곧 사회윤리와 연결된다. 사회는 세계를 건
설하는 기획으로 이 과정에 종교가 주축이 되어 부정적인 것을 긍정적인
것으로 변화시킨다. 여기에 인간의 모든 학문과 예술이 기여한다.

세상에 보답하는 삶

사람의 결단에 세 가지 기본 요소가 관여한다.

1. 주어진 상황이고, 2. 모든 것을 고려하는 이성이고, 3. 이 결단을 수행하는 의지이다. 이 요소들이 시간이 가면서 그 중요성의 강조가 변경되는 것을 볼 수 있는데, 19세기는 인격형성 과정에 세 번째 단계인 의지를, 20세기는 두 번째 단계인 이성을 각기 강조하는 경향이다.

인간이 처한 사회정황 속에서 결단하는 동기/배경을 대략 세 가지로 분류할 수 있다.

첫째로, 규범perspective을 따른 의무론적deontological 동기이다.

해야 할 의무를 따라 결정하는 것이다. Immanuel Kant의 의무ought론으로, 고대 희랍에 의무라는 말은 없었지만, 사람이 해야만 한다는 표현에서 왔다. 신앙생활에서 그리스도의 제자로서 내가 해야 할 도리가 무엇인가를 묻는다.

둘째로, 목적deliberative을 따른 목적론적teleological 동기이다.

목적을 이루기 위한 결단이다. 사람의 행복이나 염원에 좋은 결과를 가져오려는 것이다. J. Bentham과 J. S. Mill의 공리주의로, 최대 다수의 최대 행복을 목적으로 한다. 그리스도의 제자로서 무슨 목적을 이루어야 하는가를 찾는다.

셋째로, 상황situational에 따라 주어진 여건적contextual 동기이다.

주어진 상황에서 명확히 선함이나 옳음이 아닌 합당한fitting 결단이다.

Joseph Fletcher의 상황윤리로, Bonhoeffer는 나치 독재하에서의 뜻을 같이한 이들의 처신이 온당한 것임을 설명한다. 그리스도의 제자로서 주어진 상황에서 어떻게 응답하는가를 숙고하여, 물이 흐르는 대로가 아니고 거슬러 올라가는 분투struggle이다.

이 세 가지 결단의 동기는 단독으로 이루어질 수도 있지만, 다른 정황에 연결되어 복합적으로 채택되기도 한다. 선택하고 결단하는 과정에서 이 세 가지를 마음에 두면 동기가 더 명료해질 수 있다.

이 시점에서 사회윤리의 대가 Walter G. Muelder를 소개한다. 그는 독일 교회 목사의 아들로 미국에서 태어나고 1930년 Boston University School of Theology에서 Bachelor of Sacred Theology를 마치고 1933년에 Edgar S. Brightman을 주임교수로 Ph. D. on Philosophy를 받았다. 생각이 깊어 조숙早熟: pecocious하다는 평을 받았고 박식한 그는 그 당시 유명인들의 많은 영향을 받은 것을 엿볼 수 있는데 그 가운데는 Borden Parker Bowne, Edgar S. Brightman, Harry Emerson Fosdick, Mahatma Gandhi, Max Horkeimer, William James, Albert C. Knudson, Karl Mannheim, William James, Rudolf Otto, Kirby Page, James Bussett Pratt, Walter Rauschenbusch, Paul Tillich, Ernst Troeltsch 등을 들 수 있다.

그는 20세기가 낳은 위대한 윤리학자 가운데 하나로, 사회윤리가 아직도 새로운 분야인 그 당시에 신학자로서 보스턴 인격주의를 기독교 사회윤리로 발전시켰다. 그의 *기독교사회정책원론*을 한국어로 번역한 신학자

장병일은 이렇게 소개하고 있다.

미국 사회에 있어서도 가장 유능한 자유주의적인 철학적 신학
자로서, 특히 사회문제와 기독교의 가르침을 학적으로 결부시
켜 전개한 학자이다. [장병일 역, *기독교 사회/원론정책원론* (서
울: 대한기독교서회, 1966) 저자 소개에서]

그가 전개하는 사회윤리의 내용에 접해 보기로 한다.

첫째, 철학적/신학적 인격주의로 Boston의 Borden Parker Bowne에서
기원하고 Edgar S. Brightman으로 이어져서 철학적인 형이상학과 기독
교 신관과 연관 짓는다. 실재의 궁극의 원칙은 인격적인 것으로, 생각하
고 사랑하는 것은 우리 가운데 거룩의 섬광으로 하나님의 오묘하신 목적
에 따라 관련을 맺는다. 그러기에 사람들이 모이는 사회 공동체에 가담한
다. 인격의 존중에 관하여 이렇게 언급한다. 여기에는 동양사상과 일맥상
통한다.

균일한 일치성을 지닌 원칙으로 인격의 존중이다. 인격 자체
는 진정한 가치를 지닌다. 인격존중이 없이는 기타 모든 가치
는 부패하기 마련이다. 즉 인격이 없이는 다른 여하한 가치도
존재할 수 없다. 인격이 가치를 지니지 않는 한, 다른 모든 것은
가치를 지닐 수가 없다. [위의 책, p. 24]

Martin Luther King, Jr.가 Boston University를 택한 이유는 인격주의의 매력 때문이었다. 그는 연마한 바탕으로 미국의 양심을 살려내고 자유, 평등, 평화의 사회를 이룩하는 데 공헌했다.

둘째, 학문의 범위가 광대하다.

개인 윤리와는 달리 사회의 제반 사항을 다루기에 사회구조의 재조정에 관여한다. 미연합감리교회United Methodist Church는 Southern Baptist Church 다음으로 큰 교단으로, liberal한 신학교의 과목을 구약/신약 윤리로 명칭하기도 하지만, 이 교단에서 가장 오랜 역사를 지니고 있는 Boston University School of Theology는 성경의 범위를 넘어서서 사회윤리social ethics로 칭한다.

셋째, 다른 학문과의 대화 interdisciplinary의 접근을 요청하여 철학, 신학, 인류학, 사회학, 과학 등등과 대화하고 배우고 함께 나눈다. 여기서 기본 태도는 기독교만을 내세우지 않고 다른 종교와도 대화로 영향을 주고받기도 한다. 독일의 사회학자 Max Weber1864-1920는 사회윤리가 성서의 윤리가 아니고 다른 학문과의 대화에 근거해야 한다고 했다.

넷째, 사회재건을 목표로 한다.

사회제도는 시대가 가면서 새로운 모습을 요청하기에 새 시대에 부합하는 책임 있는 사회의 정의를 구상하는 사회제도로 변혁한다. 여기에 부합하는 3가지 전제는 정의의 존엄성과 종교적인 자유와 세계적인 연대성을 든다. 책임 있는 사회Responsible Society를 이렇게 정의한다.

인간은 하나님과 자기 이웃에 대하여 하나의 자유로운 책임의 존재로 창조되었으며, 또한 부름을 받았다. 그러므로 어느 국가나 사회에 있어서 책임적으로 행동하는 인간의 가능성을 박탈하는 여하한 경향이라도, 그것은 인간에 대한 하나님의 의지와 그의 구속사업을 거부하는 행위이다. 책임 사회란 곧 그 사회의 자유가 정의와 공정질서에 대한 의미를 인지하는 사람들의 자유인 것과 또한 정치적 권력과 경제적 세력을 장악한자들이 하나님과 민중에 대하여 그 실천을 행사할 경우에 있어서 책임적이어야 한다는 것을 의미한다.

이러한 정의는 일반적 정의에 구체적 설명을 가한 다음과 같은 주해에 의하여 보강되었다.

인간은 결코 정치적, 경제적 목적을 위한 하나의 단순한 수단으로 쓰여져서는 안 된다. 인간이 국가를 위하여 존재하는 것이 아니라, 국가가 인간을 위하여 존재한다. 인간이 생산을 위하여 존재하는 것이 아니라, 생산이 인간을 위해서 존재한다. 현대의 제반 조건하에서의 책임적 사회를 위하여 민중은 자기들의 정치를 통제하며 비판하며 변경하는 자유를 갖는다는 것과, 권력은 법률과 전통에 의하여 책임적이어야 하며, 가능한 한, 이 권력은 전체 지역을 망라하여 널리 분배되어야 한다는 것이 절실한 요청으로 되어 있다. 그리고 경제적 정의와 기회균등도 모는 사회인에게 학립되어야 한다는 것도 요청되어야

한다. [위의 책, p. 19]

Max Weber는 사회과학의 주제가 사람 자체로, 사람에게 혜택을 주고 사회를 변화시키는 사회재건이라고 했다.

"In every Place a Voice"는 1948년 에큐메니컬 대회에 기초한 것으로 어느 곳에서나 교회가 목소리를 낼 수 없는 사람들을 대신하여 말해야 한다는 소신으로 책임의 폭을 넓힌다.

다섯째, 이론과 실천은 밀접하게 연관된 것으로, 이론은 실천에서 근거하고 이론은 실천으로 확대할 수 있어야 한다. 모택동의 작은 책자에 "이론은 실천에서 수립하고, 실천에서 검증하고, 다시 이론에 돌아와서 수정해야 한다"는 것이다. 믿음은 생활을 위한 것이고 생활 속에 결실을 맺을 수 있어야 한다.

뮐더는 Boston University의 재임 기간에 어느 대학보다 많은 숫자의 흑인 PhD 학생들을 양성해 냈다. 특히 Martin Luther King, Jr.의 비폭력은 사회변화에서 철학적/윤리적인 입장으로 구축되어 흑인들의 민권을 회복하는 데 중추적인 역할을 감당했다. 그의 민권회복은 아시아에서 이민 온 한인들에게 훨씬 편한 이민의 바탕을 마련해 주고 있다.

뮐더는 1962년 1월 6일 한국을 방문하여 "책임 사회의 이념"을 강연했고, 그의 제자 연세대 박대선 총장의 안내로 청와대에도 방문했다.

세상에 보답하는 삶

그의 제자들 가운데는 목회자들과 사회봉사자들과 신학교 교수들이 많은 수를 차지하고 있어 그의 윤리는 살아 있는 생명체로 계속 확대되고 있다. 그가 제자들에게 심어준 영역에는 인격적인 감동이 깊이 자리 잡고 있다.

II.

실천

인류역사에서 희랍希臘인들과 유대인들의 민족성을 대조해 보면, 희랍민족은 그 찬란한 문화적 유산에 부응하지 못한 채, 현대에 이르러 별로 발전하지 못한 가난한 나라로 존재한다. 반대로, 미약했던 유대민족은 세계 어디로 가나 흥하여, 2000년 전에 잃었던 나라와 땅을 회복하여 1948년 5월 이스라엘 공화국을 건설함으로 정체성을 회복하는 역사를 이루어 냈다. 이 민족의 후손 가운데서 더카임, 프로이드, 마르크스, 아인슈타인 같은 우수한 두뇌들이 속출했다.

고대의 빛난 희랍문명을 이룩했던 희랍민족은 시대를 거듭하면서 빛을 잃었는데, 고난을 거듭한 유대민족이 이렇게 유별나게 성황 하는 이유가 무엇이겠는가? 두 민족성이 판이하게 다르다는 점에서 찾아볼 수 있다. 희랍인들은 말로 논쟁하기를 좋아했다. 이 사람들은 말에서 결론을 내리는 것이 중요한 게 아니라, 말에 말로 꼬리를 붙여서 논쟁을 벌였고, 심지어는 그러한 논쟁을 즐기기까지 했다.

세상에 보답하는 삶

그런가 하면, 유대인들은 말을 하면, 결론으로 끝을 맺고, 이 결론을 행동으로 옮기는 실용적인 민족성을 지니고 있다. 바로 이 철저한 민족성이 유대민족이 세계에서 우수한 두뇌를 양성해 내는 이유라는 것이다.

　　앞에서 본 Hans Mols는 종교의 핵심은 믿음이 아니고 실천이라고 천명闡明한다.

　　뉴저지에 있는 프린스턴대학에 가 보면, 어느 교실 벽에 우리가 잘 아는 희랍 철학자 소크라테스의 유명한 말이 쓰여 있다.

　　Know Yourself. 네 자신을 알라.

　　그 밑에 어느 학생이 이렇게 덧붙여놓았다.

　　Behave Yourself. 바르게 행하라.

　　유대인 Rahm Emanuel은 매우 활력 있는 전 오바마 대통령의 백악관 chief of staff로 저소득층을 위한 의료보험 Obama Care를 성공시키고, 시카고 시장을 거쳐 지금은 일본 주재 미국대사이다. *Time*지와의 대담에서 기자가 이렇게 물었다. "Do you have more power as a mayor than you did as chief of staff at the White House?" 그는 "I don't measure by whether I have more power. I measure by if I have more impact on people's lives."라고 대답했다. [Time October 17 2022, p. 72] 오늘날의

정치 지도자도 이토록 격상格上하는 실천적인 세계관을 지니고 있다.

오늘날의 사회과학은 아는 것을 행함으로 옮기는 구체적인 실천을 요청하고 있다. 이것을 이론과 실천의 일치coherence of theory & practice라고 한다.

오늘날의 사회생활에서 모두가 작든, 크든 간에 지도자의 임무를 감당하기에 이른다. 사회의 기본 단위인 가정의 두 식구에서부터 지도자의 성품과 자질이 요청된다. 지도자의 자질賁質: 성품과 소질 다섯 가지를 소개한다.

첫째로, 지도자는 포용성包容性을 지녀야 한다.
지도자의 문제에서 제일 큰 착오는 높은 자리에 앉아서 아래로 명령한다고 생각하는 과거의 권위의식이다. 오늘날의 지도자는 오히려 사람들의 바른 생각을 밀어주고 뒤따라가는 사람이라는 분명한 태도를 지녀서 보는 사람들의 마음을 감동시키는, 보다 참신한 지도력으로 변모變貌되어야 한다.

오늘날의 인생행로에서 모든 역할은 개방된 참여의식에서 융통성 있게 분담되고 있다. 옛날에는 가정에서 아내와 남편의 역할이 고정되어 있었지만, 이제는 밖에서 breadwinner의 역할과 집에서 자녀양육과 가사를 돌보는 주부의 역할이 뒤바뀌는 경우가 편견 없이 인정되어 share한다는 더 적절한 말로 표현된다.

　　　　　　　　　　　　　　　　　세상에 보답하는 삶

둘째로, 지도자는 높은 위치의 사람이 아니라, 오히려 낮은 사람이 되어야 한다. 자질은 위로 치솟아 올라가는 향상을 추구하지만, 마음은 밑으로 내려가 아래 사람들 가운데 거하면서 그들의 상황을 읽을 수 있어야 한다. 이 태도는 인간에 대한 심오한 이해, 동정적인 배려와 더불어, 인간이 모든 것을 통달할 수 없다는 겸손한 마음가짐에서 온다.

"인간미"는 인간사회에서 모두가 회복해야 할 요소로, 향수nostalgia를 넘어 인간이 인간되게 하는 바탕이다. 많이 듣는 말로, 교회는 교회적이어야 하고, 인간은 인간적이어야 한다고 하는데, 그 핵심은 인간미를 의미한다. 목회ministry라는 말에 mini는 자기를 낮추고, 작게 축소해서, 자기를 죽인다는 심오한 뜻이 담겨 있다.

일본의 우치무라 간조1861-1930는 위대한 사람의 자원이 진보와 보수를 한 몸에 겸한 창의성을 보여 주면서 종교의 수준을 이렇게 정리하고 있다.

독일의 문호 괴테는 이렇게 말했다.
보통 종교는 자기 이상의 것을 받드는 종교다. 이보다 높은 종교는 자기와 동등한 것을 받드는 종교로서 이것이 철학자의 종교다…그러나 최상의 종교는 자기 이하의 것을 섬기는 종교다. 이것이 곧 그리스도의 가르침이다. [우치무라 간조, 김유곤 역, *로마서 연구 상* (서울: 크리스천 서적, 2004), p. 87]

셋째로, 지도자는 따라오는 사람들 뒤에 선다. 물론 앞장서서 이끌어

가지만, 다른 사람들을 앞세울 수 있는 자연스러운 기교skill가 필요한 것으로, 이러한 안목은 인간의 본성을 깊이 이해하는 통찰에서 비롯한다. 생각이 깊은 대인관계는 매력 있는 동기를 유발하여 목표달성에 박차를 가하고, 풍성한 결실을 가져온다. 행사를 위해 준비위원회를 만들어 함께 계획하고 수행하는 가운데서 지도자 혼자의 생각보다 더 넓게 효과적으로 처리할 수 있음을 배우게 된다. 또한 사람들을 끌어들여 참가자가 지도자로 훈련받는 중대한 기회가 된다.

이 지도자상은 South Africa의 Nelson Mandela1918년 7월 18일-2013년 12월 5일에게서 배울 수 있는 참신한 기풍이다. 그는 양떼를 몰면서 목자가 뒤에 서서 통솔하는 지도자상을 개발했다.

넷째로, 지도자는 power를 share해야 한다.
현대 정치에서 절대권력absolute power은 절대 패한다는 이론이다. 이유가 분명한 것은, 주어진 권력을 제재할 통로가 없기 때문이다. 독일의 히틀러, 소련의 스탈린, 한국의 이승만과 박정희 정권의 독단 권력이 불러온 비극이 바로 이것이다.

바람직한 지도자는 민주적인 지도자로, 공동체의 의견을 듣고 여론의 일치를 모으는 지혜가 있어야 한다. 건전한 건의와 비판을 받아들이지 않고, 혼자만의 의견을 주장할 때 인적 자원을 잃게 되고 실패에 이르게 된다. 민주주의에 대한 진지한 이해와 훈련이 공사公私를 막론하고 모든 인간사에서 필요한 통찰력이다.

다섯째로, 지도자는 임기가 있어 적절한 시기에 물러날 수 있어야 한다. 평생 주어진 것으로가 아니고, 시간의 제한을 스스로가 설정하면, 평생 팔 자소관처럼 행하는 결과보다 그 내용과 질이 크게 달라진다. 뿐만 아니라 은퇴 후에 그간 하지 못한 새로운 경지의 일을 할 수 있기에, 감격과 보람된 인생후기를 적극적으로 추진하게 되리라는 미래에 대한 기대는 현재 과업에 더욱 열정과 헌신으로 기여할 수 있게 한다. Nelson Mandela는 대통령의 1기만 마치고 자진 사퇴한 지도자의 영감 있는 모범을 남겨주고 있다.

시대가 변화 진전됨에 따라 인간의 지혜가 쌓이고 상등하며, 이상의 폭이 증대함에 따라 요구되는 지도자상도 변형된다. 사회구조는 발전하는 사회정신/윤리성ethos에 부응해야 하며, 그 지도자도 변화에 적응해야 하는 필연적일 수밖에 없다.

인생사에는 현장의 일/실천이 먼저이지만, 먼저 이론에서 정리한 것을 실천에서 적응하기 위한 방편으로 실천을 뒤에 두기로 했다.

세상사는 애초에 펼쳐 있고, 그 안에서의 우리 인간의 보답은 현장에 대한 개선이고 응답이다. 세상에 응답하는 것은 인간만이 할 수 있는 책임/도리이다. 여기서 이론을 실천으로 옮긴 6명의 선구자들을 살펴보기로 하는데, 동양의 미덕으로 연령순으로 했다.

7.

Dietrich Bonhoeffer 순교자

Dietrich Bonhoeffer1906-1945는 독일에서 히틀러의 독재만행에 항거하여 교회를 지키다가 39살의 젊은 나이에 단두대에서 목숨을 잃은 순교자이다. 이 사실이 에베하르트 베스게의 저술로 세상에 알려지자 미국에서는 연이은 지도자들의 참상에 울분을 참을 수가 없었다.

John F. Kennedy 대통령이 1963년 11월 달라스에서 암살되고, 그 동생 Robert Kennedy 법무장관이 1968년에 대통령 유세 중에 총탄에 맞아 숨졌고, 같은 해에 Martin Luther King, Jr. 목사는 민권운동으로 Memphis, Tennessee에서 암살당했다.

믿음과 행함의 일치를 주장한 본회퍼의 생애를 알기위해서는 먼저 그의 가정배경부터 살펴보아야 한다. 그의 선조들은 네덜란드에서 시작했으며, 19세기에 법과 의학계와 루터파 교회에 두각을 나타내고 있었다. 할아버지 Phillips 법관은 법정의 상관이었으며, 정서적으로 소원된 인물로, 모든 변덕과 부자연한 것에 강직한 적으로 알려져 있었다.

세상에 보답하는 삶

아버지 Karl Ludwig Bonhoefer는 저명한 정신과 의사로 아이들에게도 올바르게 판단하여 표현하고 요지가 분명하기를 바랐다. 다른 사람들의 감정과 의견을 존중하고, 스스로의 한계를 인정하여, 삶의 책임을 볼 수 있도록 가르쳤다. 아버지는 공로를 인정받아 그의 70회 생일에 괴테메달을 수상했다. 어머니 Paula는 백작의 딸이고, 외할아버지 Karl von Hase는 19세기의 저명한 역사가였다.

Dietrich는 5번째 아이로 쌍둥이 Sabine과 1906년 2월 4일 독일의 Breslau(현재는 Poland의 일부)에서 태어났고, 그 밑으로 동생이 하나 있다. 19세기의 개신교 신학자들의 배경과는 달리, 디트리히Dietrich는 목사의 가정이 아니었지만, 선조들이 이룩한 성취는 그 자신의 삶에 교육과 지성의 수준을 높여 주었고, 인문주의 가정의 뿌리 깊은 전통을 이어받았다.

부유한 가정에서 해외여행을 즐겼고, Immanuel Kant와 G. W. F. Hegel의 저술 등 그가 원하는 모든 것을 소유하고 독파할 수 있는 정도로 조숙했다. 커서도 필요한 물건이나 경비는 부모에게 신청서를 내면 모두 승낙해서 돈을 보내 주어 궁핍을 모르는 생활을 했고, 이런 분위기 속에서 디트리히는 진지한 모습으로 자라났다.

6살 때 아버지가 베를린의 대학 정신과/심리학 주임교수로 임명되어 수도로 가서, Grunewald로 이사했는데, 여기에 저명한 물리학자 Max Planck와 교회역사가 Adolf von Harnack, 역사가 Hans Delbneck 같은

elite가 사는 지역이었다. 이름난 중, 고등학교에 다니면서 소중한 지성적인 영향을 받아 역사와 문학과 철학과 예술에 관심을 가지게 되었다. 점차로 신학으로 관심이 기울어졌는데, 내적인 동기는 독립심 때문으로, 남매들 보다 월등해야겠다는 생각으로 외로웠기 때문에 신학을 택한 것으로 풀이된다. 16살에는 학문의 정수로 알려진 신학으로 결정했는데, 그는 벌써 10살 때 자기가 누리는 특권을 알고 있었고 동시에 책임도 알고 있었다.

그가 어렸을 때 수요일마다 집에 드나드는 유명한 인사들 가운데는 이웃이고 스승이며 19세기 교회와 교리사의 거장 Adolf von Harnack과 신학자이면서 철학자인 Ernst Troeltsch와 Meinecke, 미래의 공화국 대통령이 된 Theodor Heuss, 사회학자 Ferninand Toennies, Max와 Alfred Weber의 형제가 있었다.

18살 때 영원한 도시, 로마에 형과 같이 가서보고 매료되었고, 라파엘, 미켈란젤로, 다빈치, 카리봐기오, 타이탄을 즐겼다. 공동예배가 신자의 삶에 필수인 것으로 생각했다. 배를 타고 북아프리카에 가서 벌써 인류학적인 시각인 현지조사를 경험한 일도 있었다. 자유주의적인 신학교에서 배우면서도 칼 발트의 정통파 신학에도 끌리고 있어, 보수와 자유 양면을 다 인지하고 있었다.

신학원 운영
1935년부터 1937년까지 신학원을 운영했는데, 교회의 회복을 위해 새로운 수도원으로써 산상수훈을 실천하는 타협이 없는 훈련을 시행했다. 고백과 순종이 분리될 수 없고, 열심을 다해 신학원을 운영했지만, 정부에 대한 비판으로 폐쇄됐다.

히틀러의 독일

독일의 1차 대전 패전 후에 베르사유 조약은 독일에게 전쟁의 과오를 전적으로 덮어씌워 엄청난 배상금을 요구하고 독일의 국경을 제한했다. 독일은 이 수치스러운 과거를 청산할 수 있는 돌파구를 찾고 있었다.

독일이 쓰레기 더미에서 건져 높이 들어 세우는 사명을 불어넣은 것이 히틀러였다. 패전의 원인을 당시 사람들은 연합군에 두었지만, 히틀러는 비애국적인 "반역자들" 때문이라고 하고, 이것을 발판으로 득세하기 시작했다. 국가주의인 노동당에 가담하여 그의 웅변술과 열정으로 당의 지도급에 오르고, 나치당으로 이름을 바꾸고 구부러진 십자가상을 당의 상징으로 채택했다.

국가의 적으로 반셈족 견해를 발전시키고, 독일인 아리아 인종을 최우수 인종으로 내세우며, 인종의 순수성을 주장했다. 초기부터 본회퍼의 집에서는 히틀러를 정서가 불안정한 위험인물로 보기 시작했다.

히틀러는 총사령관이 되어 권력을 장악하고, 군중의 미련함을 발판 삼아 승승장구하고 있었고, 이를 반대하는 사람들을 국가의 적으로 하나님을 믿지 않는 사탄으로 내몰았다. 히틀러를 '독일의 예수 그리스도'로, 독일 민족의 메시아로, 기적을 행할 신적인 사명이 있다고 내세웠다.

히틀러는 유대인 박해를 시작해서 유대인들의 정치 참여와 시민권을 박탈했다. 유대인의 사업을 약탈하고 죽이고 회당을 파괴하며 방화하는 일로 번져갔다. 심지어는 예수가 유대인이 아니라고 터무니없이 우겨댔다. 히틀러는 유럽에서 유대민족을 전멸시키겠다는 정책을 발표했다. Auschwitz의 강제수용소에 가스실을 설치하고, 유럽의 독일 점령지에서 유대인 6백만 명을 살해했다.

본회퍼는 1931년 '오직 믿음으로'라는 루터교의 교리 문답을 작성하면서 신학과 실천을 연결하는 윤리적인 적용으로 삶의 현장과 행동의 실천을 연결하여, 히틀러와의 정면충돌은 피할 수 없는 심각한 상황으로 번져갔다.

1933년 본회퍼가 주동이 되어 목회자 긴급동맹을 조직했는데 교회에서 지원받지 못하는 목사들을 재정적으로 돕기 위한 것이었다. 이 모임은 고백교회 탄생으로 이어졌고 칼 발트가 주동이 된 발멘 선언이 선포되었다. 이 선언은 독일 교회가 국가의 권위 밑에 있지 않음과 반反셈족주의와 뮐러의 히틀러가 새로 조직한 '공식'교회를 거부했다.

이때 본회퍼의 고민은 교회가 불의에 침묵할 수 없다는 소신으로, 교회가 국가에 대해 권위의 한계를 상기시켜야 하는 사명을 망각한 것으로 지적했다.

세상에 보답하는 삶

히틀러는 교회를 탄압하기 시작했고, 고백교회의 중보기도를 금지하고, 예배 중에 헌금하는 것을 처벌 죄로 규정하는 등 직접적인 목회간섭으로 교회 행사는 사실상 중단되었다.

그리스도께서 고난당하는 자들의 편에 서심으로, 교회의 사명은 스스로를 변호할 수 없는 자들을 위해 변호하고 도와주는 것으로, 교회는 어떤 대가를 치르더라도 입을 열어 말해야 한다고 했다. 그의 유명한 말로 "자동차 바퀴에 치어 다친 피해자들의 상처를 감싸 주는 것이 아니고, 그 운전대를 빼앗는 것이다." 그렇지 않고 방관한다는 것이 죄가 없는 것은 아니라고 했다.

1941년 여름 300여 명의 고백교회 Thineland 노회 중 270명이 군에 복무했고, Brandenburg 노회의 154명 중 132명이 군에 복무하고 있었다. Finkenwalde 신학교의 150명의 학생 중 80명 이상이 전쟁에서 죽었다.

이제 최후의 수단은 불가피했다. 히틀러의 흉행을 막는 데는 쿠데타밖에 다른 방안이 없었다. 새로운 운동으로 비약하여 저항운동 인사들과 대담한 계획을 논의하여 독재자 제거에 이르렀다. 독재자 제거가 하나님의 계명이라는 데까지 이르러 하나님의 계명을 어기는 값을 치르고 더 큰 계명의 순종을 생각했고, 그 많은 희생자들에 대한 책임을 져야 했다.

독일에 두 첩보기관이 있어서, 비밀경찰인 게슈타포는 정치에 관련된 조사를 감당했고, 군 첩보기관은 군에 대한 보안업무로 분리되었는데, 군 첩

보기관 내에 히틀러에 반대하는 세력이 히틀러 암살을 계획하고 있었다.

1938년에 음모단체를 처음으로 알게 되었는데, 이것은 그의 형 Klaus와 매형이 독일군정보부에 있는 모의대원들에게 소개한 것이다. 부모님의 집이 중요한 정보를 얻는 모임 장소가 되어 저항운동이 시작되었다.

그의 소신은 "오직 믿는 자만이 순종하고, 오직 순종하는 자만이 믿는 다"는 신념이었다.

독일군이 러시아와의 전쟁에서 패배하고 미군이 진군하는 경지에 히틀러는 재기할 수 없는 형편에 이르렀다. 히틀러는 1945년 4월 30일 자기 방에서 총을 쏘아 자살했다. 히틀러가 죽인 숫자는 유럽에서 42million으로 군인 14million과 민간인 28million으로, 세계 역사상 최대의 인명손실을 기록했다.

그는 1945년 4월 9일 교수형을 당했다.
게스타포가 아무런 혐의와 증거를 찾지 못할 것으로 안심했으나, 초센 정보부 지하에 숨겨둔 저항일지가 발견되어 본회퍼는 체포되어 Flossenburg 강제 수용소로 옮겨졌고, 그의 마지막 예배에서 그가 평소에 지닌 소신을 밝혔다.

하나님은 우리를 이 세상에서 그리스도와 함께 고난을 나누도록 부르시고 계십니다.

세상에 보답하는 삶

아버지는 두 아들과 두 사위를 잃었지만, 이들의 올바른 좁을 길을 자랑스럽게 여긴다고 보스톤으로 이사 간 동료 교수에게 이 심정을 토로했다.

히틀러 독재의 부당한 처사를 더 이상 방관할 수 없어 변화를 요구하는 음모가 전국적으로 번져 100건 이상의 공모가 있었지만 모두가 실패했고 4,980명이 처형되었다.

그의 사상은 책 소개로 대신한다.

첫째, 논문으로 *성도의 교제*로, 교회 사회학의 교리적 탐구로 사회철학과 사회학을 등용하여 하나님, 교회, 예수 그리스도의 개념이 지닌 사회적인 의도를 탐구한 것이다. 칼 발트는 이 논문을 '신학적인 기적'이라고 격찬했는데, 이 책은 그의 저서가운데 가장 어려운 책으로 추상적이어서 독자들이 많지 않으며, 먼저 4장에서 끝까지 읽고 2장으로 돌아가라는 제안도 있다.

이성과 행동을 연결시켜 도덕적인 의무, 즉 윤리적인 사회변화를 핵심 사상으로 내세우고 '사람이 도덕적인 책임을 질 때'만이 사람답게 사는 것이라고 했다.

사람을 개인적이면서도 집단적인 존재로 보고, 그리스도 안에 거하는 것이 교회에 거하는 것으로, 그리스도가 교회로 존재한다. 기독교 윤리는 효율성이 아니라 맡은바 도리를 다할 때 성취되고, 윤리적인 인격은 행동과 책임이 깃든다고 했다.

둘째, 논문 *행위와 존재; 조직신학에서 초월철학과 실존론*은 영어판도 출판되고 20세기가 나은 신학적 대성취 중 하나로 각광을 받고 있으며, 한글판도 김재진과 정지련의 공역으로 나왔다. 여기서 하나님의 신비적인 실재를 방어한 것으로, 교회의 객관적인 근원을 계시로 보고 있다. 우리가 하나님을 아는 것은 하나님 스스로의 계시를 통해서이고, 그리스도가 교회로 존재하며, 존재와 행위는 연관된다.

셋째, 책 *그리스도가 중심*으로 교회는 그리스도를 예배하는 공동체에서 연구해야 한다는 원칙이다. 성서는 그에게 영감을 주며, 핵심적인 문제는 그리스도가 누구인가이다. 그는 그리스도의 현재성을 강조하여 그리스도는 인격체로 교회 안에 임재한다. 그리스도는 나를 위한 분으로. 인격의 말씀으로 사람을 붙잡고 반응을 요청한다. 그리스도는 나와 다른 사람과의 사이에서 내가 그대를 만나는 인격적인 관계로, 다른 사람을 위한 존재이기도 하다.

넷째, *창조와 타락*은 창세기 첫 3장에 관한 강의로 성경을 교회의 책으로 제시한다. 그리스도는 남을 위한 분으로 사람의 생명은 손상되지 않은 순종에서 오고, 사람의 불순종은 사람의 제한을 거부한 데 있다.

다섯째, *유혹*은 고백교회 목사들에게 한 강연으로, 이때는 히틀러의 교회 탄압에 항거하여 크리스천으로 산다는 것이 순교까지도 각오해야 하

세상에 보답하는 삶

는 심각한 위기에 봉착한 시기였다. 우리가 받는 시험은 그리스도가 우리 안에서 받으신다고 믿었다.

여섯째, *신도의 공동생활*은 뿌리 깊은 가정의 전통에서 이어받은 대인 관계의 기본 태도가 그리스도를 통해 고양되는 바람직한 도리가 다져지고 있다. 이것은 신학원의 공동생활 속에서 다른 사람과 함께 모여 사는 가운데 신학생들이 헤어지고 감금되는 가운데 이루어진 생활 경험을 담고 있다.

나와 다른 사람들 사이에 계시는 그리스도를 통해 이루어진다. 신도는 자기의 말을 자제할 수 있어야 하고, 다른 사람을 짓누르기 위해 비판해서는 안 된다. 혀를 자제할 때 겸손의 목회가 임한다. 공동체에서 분노는 명예 추구의 산물로, 공동체에는 강자도 있고 약자도 있지만, 모두가 자기 나름대로 공동생활에 공헌하는 것으로, 불필요한 사람은 없다. 형제의 죄를 용서하고 들어 높여 줌으로 스스로가 올라간다. 성도들은 그리스도에게 정성을 다하듯 마음을 쏟아 줄 줄 알아야 한다.

일곱째, *제자의 도리*는 본회퍼의 생애에서 가장 유명한 저술로, 마태복음 9:35-10:42의 산상수훈을 심도 있게 해석한 것으로. 그리스도를 따르는 것이 무엇을 뜻하는가를 묻고 있다. 여기에 그의 유명한 <u>싸구려 은총</u>이 들어 있다.

싸구려 은총은 합당한 회개 없는 용서이고, 교회의 훈련 없이 세례를, 고백 없이 성만찬을, 죄인의 고백이 없는 사면이다. 싸구려 은총은 제자의 도리 없는 은혜요, 십자가 없는 은혜요, 살아계신 성육신 예수 그리스도가 없는 은혜이다. [82]

은총은 귀하고 값진 것으로 사람이 그리스도를 따르기 위해서는 자기 생명까지도 포기해야 한다. "오직 믿는 자만이 순종하고, 순종하는 자만이 믿는다." 제자의 길은 그리스도의 십자가를 지는 것으로, 십자가는 이 세상의 집착을 버리고, 과거와 결별하고, 스스로를 죽이고, 그리스도를 쫓고, 죽음까지 감당하는 것으로, 이 고난 속에 승리가 임한다. [84]

여덟째, *윤리*는 그의 마지막 저술로 완성하지 못한 것을 베스게가 완성한 것이다. 기독교 윤리의 특성은 하나님의 뜻이 무엇인가를 묻는 것으로, 윤리의 유일한 보장은 하나님의 계명을 준수하는 것이다. 교회는 그리스도의 은혜로 사로잡힌 자들의 공동체로, 출발점은 그리스도의 몸인 교회이다. 예수 그리스도를 대신하는 것으로, 다른 사람을 위하여 자기 목숨을 버리는 것으로, 오로지 이기심 없는 사람만이 산다고 했다.

이 책은 본회퍼의 위대한 저술 가운데 하나로 도덕적인 모범을 보이는 그의 마음바탕이 투철하다. 제자의 도리에는 실제로 행하는 실천을 포함하여, 이론과 실천의 일치를 요구하고 있다.

본회퍼는 1943년 4월에 체포되었는데, 당시의 죄명은 영국에 기밀을 누설한 것과 고백교회 목사들을 돕고 군대 복무를 기피하는 길을 학생들에게 가르쳐 준 것 등으로, 전복 행위나 히틀러 암살 기도 등 반역의 죄명은 들지 않고 있었는데, 심문을 통해 다른 불법적인 연루를 알아내기까지는 1년 이상이 걸렸다.

베스게가 옥중의 도서 목록에 77권을 기록하고 있는데, 이제는 자신의 남은 시간이 그리 많지 않음을 알고는 저술에 박차를 가하여 옥중 서신과 창작물들과 논문들을 정리하여 베스게에게 넘겨주기로 했다.

아홉째, 베스게가 편집한 옥중 *서신과* 글은 본회퍼가 옥에 갇혀 고난을 겪던 인생후기의 글로 어려운 부분이며, 그의 말대로 그의 생각을 발전시키지 못한 편지들을 어떻게 해석하는 가의 문제가 남아 있다. 나치 옥중에서 좌절에 얼마나 비중을 둘 것인가? 등 그 해석이 다양하다. 여기서는 몇 가지로 나누어 간략하게 다루어 보겠다.

1. '종교 없는 religionless'의 문제로, 1944년 4월 30일 베스게에게 보낸 편지에 이렇게 적고 있다.

   나를 끊임없이 괴롭히는 질문은 기독교는 정말 무엇인가, 또는 오늘날 우리에게 그리스도가 누구인가 하는 것이다. 우리는 완전히 종교 없는 시간에 접어든다. 이제 사람들은 더 종교적이지 않다. 스스로 종교적이라고 솔직히 말하는 자들은 종교에 미치지 못하는, '종교적인' 것과는 상당히 다른 것을 의미한다.

본회퍼가 통달하고 있는 철학, 신학, 인류학, 음악 등의 깊이와 폭에 사람들이 미치기가 어려운 점이 있다. 종교는 범위가 광대하여 인간사의 모든 것을 포함한다. 그가 말하는 '종교 없는 기독교'는 생활 속에서 모든 것을 다 포함하고 배려하는 마음으로, 목회자와 평신도가 공동체의 삶에 필요한 일에 함께 거들고 참여한다. 예수의 인간성의 깊은 의미는 말이 아니고, 모범으로 비중과 능력과 박력이 깃든다.

2. '다가오는 세상come of age'에서 본회퍼는 이렇게 말한다.

> 사람은 이제 하나님이라는 작업가설 working hypothesis 없이
> 스스로를 다룰 수 있음을 배웠다. 하나님은 점점 더 생활에서
> 밀려나서 더더욱 근거를 잃고 있다.

과학으로 하나님의 우주 안에서의 역할이 폐기되었고 하나님이라는 전제 없이 의문을 제기해야 한다. 우리가 과학의 진전을 역전시킬 수가 없다면, 철학자들의 결론인 윤리와 정치로 종교를 폐기한다면 하나님을 어떻게 처리할 것인가? 본회퍼는 이렇게 답하고 있다.

> 그렇다면 우리의 다가오는 시대는 하나님 앞에서 우리의 입장
> 을 참되게 인정하게 된다. 하나님은 우리 삶을 하나님 없이 처
> 리하는 삶으로 살게 한다. 우리와 함께하시는 하나님은 우리를
> 저버리시는 (마가 15:34) 하나님이시다. 우리가 세상에서 하나
> 님의 가정 없이 살게 하시는 하나님은 그 앞에 우리가 계속 서

있게 하시는 하나님이시다. 하나님 앞에서 또한 하나님과 더불어 우리는 하나님 없이 산다. 하나님은 십자가 위에서 세상에서 밀려나신다.

우리는 하나님의 창조의 동참자이며, 하나님은 사람의 손을 통해 일하신다. 여기에 하나님 창조의 질서를 보존하는 인간의 책임이 있다. 다가오는 시대는 postmodernism을 거쳐 걷잡을 수 없는 속도로 세속화와 개인화를 거친 참신한 모습을 요한다. 본회퍼가 유니언 신학원에서 경험한 신학 없는 실천이다. 그렇다면 우리의 다가오는 시대는 하나님 앞에서 우리의 입장을 참되게 인정하기에 이른다.

3. '기독교의 세속성Christian worldliness'의 중요성을 이렇게 설파한다.

이 세상에서의 인생의 의무, 문제, 성공과 실패와 경험과 난국을 거리낌 없이 사는 것이다. 이렇게 함으로 하나님의 손에 전적으로 맡겨 우리의 고난을 우리만의 것으로 심각하게 생각지 아니고, 겟세마네 그리스도와 함께 지는 것이다. 이것이 내가 생각하는 신앙이고, 개심이다. 이렇게 해서 우리가 사람이 되고 신자가 되는 것이다. [예레미아 45장]

신도는 발 딛고 사는 이 땅의 모든 일에 참여하고 바람직한 제도를 구성하여 사람들이 보람을 이루도록 노력한다. 신도의 도리는 사람의 도리를 다하는 것이고, 예수 그리스도의 계명을 따르는 순종도 간직한다.

4. 변화되는 교회의 문제이다.

교회는 침체에서 탈피해야 한다. 삶의 심각한 문제를 내려놓
으려면 우리는 세상과의 지적인 대화의 광장에 다시 나가야 한
다. 나는 이 문제들을 고심하여 다루는데 현대 '신학자'가 자유
신학에 빚진 것을 안다. 이 양 진영을 연결하는 젊은이가 많지
않는 것을 안다.

신학은 세상의 변화 속에 적응하고 선도할 수 있도록 개선되어야 한다.
여기에는 보수와 진보가 모두 필요하다. 본회퍼는 보수적인 독일의 루터
교 배경 아래 진보적인 뉴욕의 유니언 신학원에서 사회문제에 접하고, 독
일에 돌아가 교회 투쟁에서 많은 것을 적용할 수 있었다.

한국의 보수적인 배경에 진보/자유주의적인 시야가 필요하다. 우리 전
시대의 선배들에게 깊은 영향을 미친 일본의 우치무라 간조는 양 진영을
이렇게 종용한다.

가장 진보적인 사람인 바울은 가장 보수적인 사람이었다. 진보
와 보수를 한 몸에 겸할 때 사람은 비로소 위대해진다. 진보와
보수가 일치하는 곳, 구식과 신식이 융합하는 곳, 거기에 참되
고 순수한 것이 생겨난다. 바울처럼 진보적인 사람이 없고, 또
바울처럼 보수적인 사람이 없었다. 이것이 그가 인류 가운데
가장 위대한 사람이라는 확실한 증거이다.

세상에 보답하는 삶

본회퍼가 말한 대로, 교회는 일반 인간생활의 세속적인 문제를 나누고, 지배가 아니라 돕고 나누는 태도로 임한다.

보수와 진보

본회퍼에게서는 기독교의 전통에서 시작해서 전통을 앞지르는 진보와 연관시키는 용단을 볼 수 있다. 이것은 그의 가문의 바탕에서 시작해서 옥중서신에서 보여 주는 내용이 그러하다. 그가 유니온 신학교에 가서 놀란 것은 신학의 초점인 그리스도를 빼놓은 자유주의로 빈약하다고 크게 실망했다. 한번은 니버 교수에게 다가가서 "여기가 신학교입니까? 아니면 정치인들을 위한 학교입니까?" 하고 따지기까지 했다. 그러면서 유니온이 기독교의 적응인 실천면에 더 치중한다고 생각했다. 후에 깨달은 바가 있어 주어진 상황에서 헌신하는 구체적인 행동을 민감하게 배우게 된 것은 그에게 큰 소득이었다.

히틀러가 자행하는 부정의에 대해 교회의 입장에서 정의구현을 내걸고 규탄하는 과정에서 본회퍼는 순교의 위치에 이르게 된다. 그의 믿음과 실천은 우리 모두에게 영감을 안겨 주고 깨우쳐 주고 있다.

칼 발트가 제일차 세계전쟁 후 비참한 인간의 정황에서 성경으로 돌아가는 그 시대의 보수적인 신학이라면, 본회퍼는 상황윤리의 선구자로, 옥중서신에서 보여 준 것처럼, 미래를 향한 무진장한 돌파구를 여는 교량역할을 하고 있다.

본회퍼는 체류자로 이 땅의 문제와 슬픔과 기쁨에 무관할 수 없고, 거룩한 약속을 기다리면서 하나님의 섭리를 회복하는 우리 세대의 책임을 감당할 것을 일깨워 주고 있다.

책의 추천서를 쓴 친구 진교훈(서울대 철학 명예교수)은 어느 해인가 내게 이런 글을 보내왔다.

그 어느 때보다 한국은 바보스러운 착한 목자를 필요로 한다.

세상에 보답하는 삶

8.

법정法頂 스님

한국에서 불교의 윤리를 넘어서서 사회윤리로 범위와 내용을 확대/상 승上昇시킨 인물을 들어본다. 법정法頂은 조계종 불교승려로, 수필가로 일 제 강점기인 1932년 1월 5일 (음 10월 8일) 해남군에서 태어난 박재철朴在 喆이다. 그는 김대중의 모교인 목포상고를 마치고 전남대 상대 3학년 재 학 중인 1950년 6월 25일에 발발勃發한 한국전쟁을 계기로 인간의 삶에 대 한 회의로 고민하게 되면서, 대학을 중퇴하고 1954년에 홀어머니를 떠나 원명선사를 스승으로 출가를 결심하게 된다.

법정은 투철한 사상과 참신한 수필로 불교의 내용을 실감 있게 전하고 자연의 소중함과 종교의 참뜻과 보람된 인생의 감명을 안겨 주고 있다. 일반 국민들만이 아니고, 기독교의 지성인들 간에도 그의 서적을 모두 소 장하고 있는 이들이 많고, 자유자재로 인용하고 있다. 한국이 약소국가에 서 산업국가로 발돋움하는 과도기에 그의 믿음의 지혜와 생활의 태도가 새로운 시각을 일깨워 비약飛躍의 단계를 조성해 주었다.

저자는 1970년 유학으로 미국에 영주하면서 1976년 그의 첫 저술 무소유와 그 이후의 저술에 접할 길이 없었다. 그러다가 Boston 서남방 교외 Dedham의 St. John's United Methodist Church 미국인 교회를 담임하고 있을 때, 동갑네 사돈 이시갑 박사가 내게 *법정의 오두막 편지*와 *살아 있는 것은 다 행복하라*를 보내 주면서 내가 반발감정을 가질까를 부부가 걱정했다고 후에 들려주었다. 그러나 법정에 첫 접촉으로 탐독하게 되고 많은 것을 배우면서 믿음의 정립定立에 많은 도움을 준 것에 감사한다.

법정의 사상은 자연에 돌아가는 기치旗幟로 인생의 보람에 대해 참신한 생각의 소재를 안겨 주었다. 세계관의 출발점은 자연으로, 자연을 사랑하고 배우고 보존하기를 권한다.

그에게서 자연은:
1. 인간 삶의 모태로 인간여정의 시작이다.
2. 사람의 간섭이 없는 천연 그대로의 상태로 자연스럽다.
3. 무상으로 베풀어 준다.
4. 침묵으로 일관한다.
5. 깨우침을 준다.

법정의 인간론은:
1. 삶은 놀라움이요 신비다.
2. 인간은 의미意味: meaning를 추구한다.
3. 일기일회once for all의 현재에 충실한 삶을 권한다.

세상에 보답하는 삶

4. 이웃과 함께 나눈다.

5. 성숙을 이룬다.

종교의 존재이유는 인생에 의미와 가치를 더해 주고, 인간을 자각시키고 인간으로 회복시킨다. 다른 종교에 대한 그릇된 태도를 지적하고, 종교로 부터도 자유로워지기를 권한다. 그리고 인간이 만든 종교의 제한성도 일러 준다. 천국은 이웃과 함께 기쁨과 슬픔을 나누고, 현실 속에서 찾는 보람을 권하며, 현실을 떠나서는 어떤 것도 존재하지 않는다.

정치와 관련하여 종교가 정치권력을 등에 업을 때 반종교적으로 타락하고, 체계로부터 박해를 받을 때가 순수하게 기능하고 성장한다. 종교의 사명으로 그릇된 현실을 바로잡는 사회정화와 참여를 권장한다. 종교인의 실제 문제를 지적하는데, 대개가 명리名利와 재물에서 비롯한다. 그의 사상은 다방면의 독서와 명상으로 종교학자들의 수준에 이른 것으로 이해된다.

1974년 인혁당 사건 후 불임암에 거처하면서 1976년 첫 저술 무소유로 물질/권력에서 벗어나는 삶의 바탕을 조명했다. 삶의 지혜는 역설적으로 부정을 긍정으로 변화시키는/물을 거슬러 올라가는 용단에 있다. 크게 버릴 수 있는 지혜의 가난 속에 새로운 시각의 풍요가 임한다. 절제의 미덕을 실천하는 검소한 생활습관으로 조화로운 삶을 이루기를 권한다.

법정은 불교신문 편집국장과, 역경국장, 송광사 수련원장 등을 지냈는데, 서울 봉은사 다래헌에 살면서 윤허 스님과 함께 남방 불교 경전 숫타파니를 번역하던 중 함석헌, 장준하, 김동길 등과 함께 1971년 민주수호국민협의회를 결성하여 민주화 운동에 참여하게 된다. 함석헌의 "씨알의 소리" 편집위원으로도 활동했다.

법정은 종교 간의 대화와 화합을 몸소 보여 주었다.

천주교의 장익 주교와 가끔 만나 마음을 터놓고 사귀며, 김수환 추기경과 강원용 목사 등 타종교와의 교류를 시도했다. 1997년 12월 14일 길상사 개원집회에 김수환 추기경이 참석해 주었고, 이의 답례로 2월 24일 명동성당에서 회색 승복을 입은 승려가 방문하여 특별강연을 했다. 1984년의 한국 천주교 전래 200주년 기념 미사 때 설법하는 상상조차 못 했던 거사가 이루어졌다. 2005년 5월 15일 부처 탄신일 법회 후 저녁에 열린 길상사 음악회에 3천 명이 들어찬 절 마당에 김수한 추기경이 들어오는 것을 청중이 기립박수로 환영해 주었다. 이러한 화해의 솔선은 전통적으로 보수적이고 배타적인 한국사회에 바림직한 거사로 사회에 발전하는 징검다리를 놓아주는 역사로 기록된다.

김수환 추기경의 배경도 대단하다. 한국사회의 정신적인 지도자와 사상가로 1960년 47세로 제일 젊은 추기경으로 임명되고, 한계성으로 겸허한 사람으로 "바보"라는 자화상으로 간난한 사람의 편에 서서, 시대의 불의 앞에서 참지 못하고 민주화 운동에 가담하여 민족의 고난에 함께 참여한 실천적인 지도자였다.

세상에 보답하는 삶

법정은 본래의 수행승으로 돌아가 1975년부터 1992년까지 송광사 뒷산에 손수 불임암을 짓고 17년을 거처하다가, 단조로운 삶을 새롭게 시작하기 위해 강원도 산골 화전민이 버리고 간 오두막에서 청빈과 무소유의 삶을 실천했다.

기생 출신이며 백석 시인의 연인인 김영한이 법정의 *무소유*를 읽고 감동받아 스님에게 고급요정인 대원각 부지 7천여 평을 희사喜捨해 절로 만들겠다고 시주했는데 10년이나 사양하다가, 1996년 길상사로 이름을 고치고 회주가 되었다.

법정은 1989년 힘에 겨운 3개월간의 불교 성지순례 후 귀한 자료를 남겼는데, 사진과 함께 그만이 줄 수 있는 각성과 감동 있는 풀이interpretation를 담고 있다. 책의 표지부터가 인상적이다. 책 제목 *인도의 기행* 밑에 작은 글자로 *삶과 죽음을 넘어서*가 쓰여 있고 푸른 색깔의 아래쪽에 세계의 정상 히말라야가 흰 눈으로 덮여 있는 모습이다.

인상적인 구절은 성지에서 생활 속에 담겨 있는 불교가 한국에서는 중국의 영향으로 권위주의적으로 역행한 것을 지적하고 있다. 그리고 인생 나그넷길에서 반성과 성찰과 자기 탐구의 길에서 삶의 양상을 배우고, 참고 견디는 인내력을 더더욱 늘리고, 불교생활의 중심으로 자비의 실천을 새삼 깨달았노라고 설파한다.

그가 주관한 법회에는 절 마당에 3천, 4천, 5천 명의 많은 사람들이 모이기도 했다. 이는 영에 굶주린 사람들의 모습과 그 시대에 공허 속에서 삶의 올바른 길을 찾던 백성들의 열정을 엿볼 수 있다.

1994년 시민운동 단체로 "맑고 향기롭게"를 만들어, 맑음은 개인의 청정을, 향기롭게는 그 청정의 사회적 메아리를 의미했다. 사회보호와 생명, 사랑을 꾸준히 10년간 실천해 온 후 "맑고 향기롭게"의 회주와 길상사 회주직을 내놓았다. 그의 소신은, 사람은 먼저 자기 스스로를 정립하는 과제를 지니는데, 이것은 자기로부터의 자유로, 자신을 비우는 일로, 스스로 배우는 일로 역설한다. 믿음의 열매는 그 마음을 이웃에게 봉사하는 일이다.

2008년 11월 7일 뉴욕 불광사 초청집회에서 아메리카 인디언에 관한 탐구로 흥미진진한 발견을 소개했는데, 이들이 자연의 거룩함을 사랑하고 정신적인 본질로 보고 베푸는 정신을 일깨워 준다.

그는 보스턴의 서쪽에 살았던 자연주의자이며, 수필가이며, 시인으로 철학자인 Henry David Thoreau1817-1862가 한때 거처하던 월든 호숫가를 몇 차례 둘러보면서 명상에 잠기기도 했다. Thoreau는 *시민불복종Civil Disobedience*으로 세계적인 사상가들, Tolstoi, Mohandas Gandhi, Martin Luther King, Jr. 등에게 깊은 영향을 미쳐 세계역사를 바꾸고, 사람들에게 희망과 용기를 불어넣어 주었다.

법정의 윤리는 불교 윤리에서 시작한다. 석가와 불교의 가르침을 생활 속에 도입하는 생활태도로, 부처님의 가르침대로 실천實踐하는 자가 진정한 불자로 세워진다. 사람의 근원적 바탕인 마음에 초점을 두고, 사람의 마음을 바로 잡아 다스리고 변화시키는 것으로 시작한다. 갖가지 악행은 잘못을 일으킨 그 오염된 마음에서 일어나기 때문에 이것을 번뇌煩惱라고 하고, 악행이 나올 수 있는 근원을 문제 삼고, 그 근원부터 제거하는 데 관심을 둔다. 집착과 욕심과 고집을 제거하여 고뇌가 없다. 근본악을 털어버리고 선을 추구하는 윤리로 본래의 청정清淨: 맑고 깨끗함으로 돌아간다.

부질없는 탐욕에 타서 재가 되는 비극을 맞기 전에 자제하여 평화를 구현하기를 권한다. 이제는 한국에서도 야기되는 인종차별에도 관심을 표명한다.

법정은 종교가 매일의 삶속에 관계하는 사회참여를 권하고, 그의 저술에 "사회윤리"는 다섯 군데에 기술되어 있는데 이에 관한 구체적인 진술은 없지만 불교의 윤리를 넘어서서, 모든 학문이 참여하고 공헌하는, 사람이 사는 세상을 향상시키기를 원한다.

법정은 생활의 현장을 도피하는 불교전통에서 박차고 일어서서 산에서 내려와 현실에 참여하고 종교의 가치를 일상적인 행위인 실천에 둔다. social critic과 예언자로 사회의 발전과 개인의 발전은 같은 틀에서 병행하는 것으로 본다.

백성들이 사는 생활터전에서 사회적, 경제적, 정치적으로 향상되기를 원한다. 그러기에 사회참여로 시작해서 사회구조에 깊은 관심을 표명하고 있다.

여기에는 일제치하의 암흑기를 회상하고, 그 후로 행방을 맞았으나 아직도 남, 북으로 분단된 아픔을 실감한다. 군정과 민정이 들어서고 부정부패의 부조리를 회상한다.

국제 문제에서 쓸모없는 전쟁을 피하고 평화를 구가하기를 권한다.
소비주의의 미국식 문화를 분석하고, 국제 문제에서 경제적 균등한 분배에 깃드는 평화를 시사한다.
자연환경 문제에서 반자연적인 태도를 버리고, 지구의 온도가 변하는 환경 문제도 시급하다.

법정은 책과 향기로운 차와 음악을 즐겼고, Rachmaninoff의 piano concert no. 2를 좋아했다. 법정은 내면의 세계와 연결하는 통로로 다도茶道를 권하고, 정취情趣를 더해 주는 사색과 명상의 세계를 맛보기를 권한다.

그는 2010년 2월 11일 서울 성북구 성북2동에 위치한 길상사에서 지병인 폐암으로 세수世數 79세, 법랍法臘 56세로 입적했다. 이때 천주교를 대표하여 이해인 수녀가 애도를 표했다. 기일은 불교식 전통에 따라 매년 음력 1월 26일로 지낸다.

세상에 보답하는 삶

미리 쓴 유서에는 한 군데 가고 싶은 곳이 '어린 왕자'가 사는 별나라라고 했는데, 생텍쥐페리의 글에 비롯한 것으로, 스무 번도 더 읽고 가까운 친지들에게 서른 권도 넘게 책을 사 주었다고 했다. 어린이와 어른이 함께 읽는 쉽게 쓴 생활철학이다. 이 책을 읽고 좋아하는 사람들에게서는 친근감과 친화력을 지니게 된다고 피력할 정도이다.

저술은 모두 21권으로 다음과 같다.

무소유. 범우사, 1976.

말과 침묵: 불교의 명언들. 샘터, 1982.

영혼의 모음. 샘터, 1983.

서 있는 사람들. 샘터, 1983.

산방한담. 샘터, 1983.

텅빈충만. 샘터, 1983.

물 소리 바람 소리

버리고 떠나기

자연 이야기

내가 사랑한 책들

그물에 걸리지 않는 바람처럼. 샘터, 1990.

인도 기행. 샘터, 1991.

새들이 떠나간 숲은 적막하다. 샘터, 1996.

산에는 꽃이 피네. 동쪽나라, 1998.

오두막 편지. 이레, 1999.

홀로 *사는 즐거움.* 샘터, 2004.

살아 있는 것은 다 행복하라. 조화로운 삶, 2006.

아름다운 마무리. 문학의 숲, 2008.

일기일회. 문학의 숲, 2009.

한 사람은 모두를, 모두는 한 사람을. 문학의 숲, 2009.

숨결. 큰 나무, 2010.

"사후에 책을 출간하지 말라"는 법정의 유언을 존중하여 그의 저서들은 모두 절판되어 품귀현상을 빚고 있다. 저자가 번역서 출판과정에서 경험한 대로 출판권은 출판사에 있지만, 해당 출판사들이 그의 유언을 존중하여 모두 절판하기로 합의를 보았다.

우리가 법정에게 마음 깊숙이 감사하는 내용을 몇 가지로 요약한다.

첫째, 자연의 소중함을 깨우쳐 준다. 자연은 원천적인 삶의 터전으로, 질서와 휴식과 고요와 평화를 담고 있다. 불가사의 자연의 조화 속에 안식과 치유의 기능이 있고, 인간됨의 진중성珍重性을 자연 속에서 구가謳歌한다. 그러기에 자연으로 돌아가 보존하고 배우기를 원한다.

둘째, 불교의 가르침과 생활 속에서 몸소 해득한 이론과 실천의 일치로 우리 종교인들과 지성인들에게 막대한 영향을 미치어 생활 속에 내재하는 변화되는 새로운 삶을 추구하는 생활의 지혜를 깨우쳐 준다.

　　　　　　　　　　　　　　　　　　　세상에 보답하는 삶

셋째, 오두막에서 청빈과 무소유의 삶을 실천하면서 인간 삶의 가치가 소유에 있지 않고 이웃과 나누는 자비의 정신을 함양했다. 절제하고 가누는 청정성에 심오한 인생의 가치와 보람을 안겨 준다.

넷째, 전통적인 산속의 불교에로의 도피를 물리치고 인간의 온갖 문제가 도사리고 있는 세속으로 내려와 사회참여에 이르렀고, 특히 민주화 운동으로 사회비판가social critic와 예언자prophet의 역할을 감당했다.

다섯째, 사회/정치 문제를 종교적인 차원을 넘어서 다른 학문과의 대화로 해결책을 강구하는 적극적인 사회윤리로 발전시켰다. 정의가 깃드는 바람직한 태도에는 따사로운 마음이 있고 치유와 화해의 길을 제시한다.

우리가 감사하는 마음과 말로만 끝낼 수는 없다.

그가 우리에게 깨우쳐 주고 솔선수범하여 이룩한 사회참여를 귀하게 여기고 우리가 당면한 문제에 관심을 지니고 해결하는 길을 모색해야 한다. 그가 이룩한 사회윤리를 더욱 발전시키고 자유, 평등, 평화, 행복이 깃든 보다 살기 좋은 세상으로 만드는 과제를 이어받아 더욱 발진시키는 일이 우리가 보답하는 첩경捷徑이다.

9.

이계준李溪俊 연세대 교목실장

1932. 8. 7.   평양에서 이창호 목사와 이의선 사모의 아들로 출생

1957.   감리교신학대학 졸업

1963.   Boston University School of Theology, S. T. M.

1980.   Emory University, D. Min.

경력:

1957. 5. - 1961. 8.   육군 군종장교

1963. 9. - 1967. 2.   Frankfort United Methodist Church in South Dakota
            담임목사

1967. 3. - 1975. 6.   연세대학교 교목 (전임강사, 조교수, 부교수)

1971. 1. - 1975. 6.   연세대학교 교목실장

1975. 7. - 1980. 2.   연세대학교에서 해직 (5년간)

1976. 9. - 1980. 2.   감리교총회신학교 교수 및 교학처장

1980. 3. - 1997. 8.   연세대학교 교목 복직(교수)

1980. 9. - 1995. 8.   연세대학교 대학교회 공동 및 담임목사

1980. 9. - 1993. 3.	연세대학교 교목실장
1997. 8. -	연세대학교 은퇴 및 명예교수
1982. 9. - 1997. 8.	신반포감리교회 설교목사
1997. 9. - 2004. 4.	신반포감리교회 담임목사
2004. 5. -	신반포감리교회 원로목사
2015. 12. -	계간지 *성서와 문화* 편집인 겸 발행인

대외경력:

1970. - 1974.	한국기독교대학교교목회 회장
1980. - 1984.	한국기독교윤리학회 회장
1975. - 1987.	한국기독자교수협의회 회장
1985. - 1987.	한국NCC신학위원회 위원장
1988. - 1990.	감리교신학대학교 총동문회장
1990. - 1994.	감리교신학대학교 재단이사
1993. - 1999.	한국웨슬리신학회 회장
1990. - 2002.	기독교사회문제 연구원이사 및 이사장
1995. -	장애인평의시설 시민연대 대표
1998. -	한국문화신학회 회장
2000. -	기독교산업개발원 공동이사장

저서:

한국교회와 하느님의 선교

하느님의 침묵

마르타 콤플렉스

어울리는 삶

현대선교신학, 편저

기독교 대학과 학원선교, 편저

희망을 낳은 자유: 이계준 자전에세이. 한들출판사, 2005

자유를 살다: 이계준 자전에세이 II. 한들출판사, 2021

역서:

Paul Tillich, 궁극적 관심

Paul Tillich, 문화와 종교

Colin Williams, 교회

Colin Williams, 존 웨슬리의 신학

J. C. Horkendike, 흩어지는 교회

Michael Gibbs, 평신도의 해방

Helmut Thieliche, 그리스도와 삶의 의미

Helmut Thieliche, 기다리는 아버지

Karl Braten, 현대 선교 신학

C. S. Song, 희망의 선교

John Wesley, 그리스도인의 완전

John Wesley, 새로운 탄생

John Wesley, 참된 기독교에 관한 평이한 해설

Arthur Skevington Wood, 웨슬리의 선교적 사명

이 박사는 심오한 시각과 탁월한 재능을 지닌 참신斬新한 목회/신학자로 8권의 저술과 14권의 역서와 14개 단체의 대표지도자로서 사회참여로 한국의 정신문화 향상에 기여하고 있다. 그는 학문과 목회가 잘 조화된 한국의 대표적인 신학자/선구자로 알려져 있다.

음악에 대한 그의 재능은 교회 반주자/지휘자로 시작되어, 사모 후보 최영란을 성가대에서 만나 약혼하게 되었고, 미국에서 유학생활을 마치고 담임한 South Dakota주의 Frankfort United Methodist Church에서 결혼했는데, 이 박사는 인생의 음정을 재치 있게 엮어 나가는 운치韻致가 있는 분이다.

Sports는 어려서부터 좋아해서 축구는 전문 선수급으로 연, 고전 교수 시합에서 2꼴을 넣은 경력이 있다. 이것 말고도 그의 특징은 좋은 성품에 있다.

사람들을 좋아하고 관계를 원활하게 이끌어 은사들의 주목을 끌고, 발탁되는 행운을 조성하기도 했다. 후배/제자들에게는 이것을 되돌려주는 솔선과 아량을 베풀고 있다.

대학의 교목실장과 대학교회 담임이며 교수로 젊은이들 사이에서 50여 년간을 지내면서 구사하는 언어가 젊고 생각이 진취적이다. 이런 시각으로 생활현장을 지키노라면 사회와 정치상의 불의에 대면하게 되어 social critic으로, 군사정권의 독재에 맞서게 되는 정의투쟁은 option이 아니라 social reconstruction을 구사하기에 이른다. 5년간의 해직교수 상황은 이를 말해 주고 있다. 그러기에 그의 설교는 특이하여 진취적이고 생각할 수 있는 여백을 남겨주며 이에 참여를 요청한다.

그의 두 권의 저서는 남의 이야기처럼 먼 산을 보는 경치가 아니라, 단풍이 든 산에 직접 들어가서 오색창연함 속에 잠기는 침몰처럼 감동이고 도전이고 uplifting이다. 그러면서도 자기주장의 상이점을 암시해 주는 여운을 남긴다. 이 전개를 밀어붙이는 강압强壓이 아니고 humorous한 touch로 friendly persuasion을 편다. 설교에서 해학諧謔: 유머은 회중의 관심을 집중시키는 기술로 높이 사고 있다.

첫 번째 책의 제목은 *희망을 낳는 자유*로, 표지는 저자의 모습인데, 훤칠한 키에 생각 깊은 모습이다. 16년 후에 출판된 두 번째의 제목은 *자유를 살다*로, 표지는 심연深淵의 하늘과 산과 바다로 우리 모두가 속한 과거와 미래의 본향本鄉: homeland이다. 이 내용은 성숙한 경지로 특히 노년기에 접한 독자들에게 인생안내서가 되고, 은퇴한 목사들에게는 원로 목회학의 귀한 자료와 안내가 된다. 첫 번째 책 끝에는 감리교 역사에 관련된 책의 집필을 생각하고 있었지만 여기서 내용의 폭을 넓히는 것은 그가 지니는 생각의 깊은 여운餘韻을 남겨준다.

두 책 표지에 모두 "자유"라는 말을 붙이고 있는데 이 용어에 대한 직접적인 설명은 없지만 그의 생활 속에서의 삶의 비탕과 실천으로 해명이 된다. 민중 국어사전에는 "남에게 구속을 받거나 무엇에 얽매이지 않고 자기 마음대로 행동함"으로 설명한다. 그의 생애는 공산치하에서 희망을 안

세상에 보답하는 삶

고 남하하는 것으로 시작해서 자유 가운데서 보람된 삶의 경지를 이루는 환희가 깃든다. 그의 모교인 Boston University에서 전통적인 믿음에서 박차고 나서 폭넓게 전개하는 개척의 정신을 엿볼 수 있다.

> 신학이란 다양하다는 것과 우선 포괄적인 접근을 시도해야 한
> 다는 것을 배웠다. 따라서 나의 어설프고 편협한 발트의 신정
> 통주의는 산산조각이 나 버리고 만 것이다. [희망을 낳은 *자유*,
> p. 96]

귀국하여 연세대 교목/교수로 학생들에게 봉사하는 시기에 군사정권의 탄압으로부터 자유를 되찾기 위한 동기로 1957년부터 5년간 해직되어 많은 고난을 거치면서 많은 것을 터득하게 되고, 불행과 역경을 행복을 키우기 위한 단비의 자원으로 삼고 있다.

Homo Sapiens의 선조들은 알 수 없는 자연을 숭배하는 데서 시작해서 점차로 깨이면서 미지의 자연을 이해하고 적응하며 투쟁하는 과정에서 더 많은 자유를 취득할 수 있었다. 미개발 국가로서는 억압당하는 이유를 파헤치고 도전하는 가운데 이성적인 판단으로 제삼국의 신세를 벗어날 수 있었다.

첫 번째 책 표지의 첫 글자 "희망"이라는 글자가 인상적으로, 그가 지닌 삶의 바탕인 것 같다. 그간 어려운 가운데서도 희망을 지녔기에 고난을 이겨 냈으며 주변에 있는 사람들에게도 희망을 선물해 줄 수 있었다.

첫 번째 *자선에세이*에 실린 축하의 말씀에서 유동식 교수는 이렇게 추천하고 있다.

> 이계준 목사의 신앙과 학문은 언제나 사회적 현실로 이어지는 실천적인 것이었다. 군사독재 정권 시대에는 책임 있는 기독자 교수로서 민주화 투쟁에 나섰다. 그로 인해 정부의 압력으로 학원에서 추방당한 해직 교수가 되기도 하였다. 그리고 부조리에 가득 찬 감리교단의 운명을 보고는 교회 갱신의 기치를 들어 일어서기도 했다…그에게는 언제나 창의적인 실천력이 있었다. 그는 감리교회의 갱신을 위해 갱신총회에 참여하였고, 신학교를 따로 창립하고 운영하는 일에 주동적인 역할을 담당하기도 했다…또 내가 그를 자랑스럽게 생각하는 점은 그의 꾸준하고 성실한 성품이다. [*희망을 낳은 자유*, p. 15]

16년 후에 출판한 두 번째 자전에세이는 먼저 가족의 이야기부터 시작해서 감명과 감사를 전하고 있다. 평양 남문외 장로교회 담임목사이고 맹아학교 설립자이신 선친 이창호 목사님을 이렇게 기억하고 있는데, 선친이 제주도에서 별세하실 때는 부산에서 신학교 출석차 참석하지 못해 늘 죄스러운 생각을 지니고 있었다. 선친은 그의 삶에 깊은 영향을 미치고 있다.

> 아버지는 가정의 평화를 가르쳐 주신 선생님이었다. 나는 아버지가 어머니에게 핀잔주는 것을 간혹 들었지만, 두 분이 논쟁

세상에 보답하는 삶

하거나 싸우는 것을 본 일은 없다. 지식적으로나 사회적 지위로나 당시에 최고봉에 계신 아버지가 무학에 미모도 아닌 어머니에게 대하여 항상 존댓말을 쓰고 인격적으로 대하는 것을 보며 자랐다. [*자유를 살다*, p. 44]

선친의 자유사상의 출처를 1. 할머니의 기독교 입문에 따라 신앙생활을 시작한 것과 2. 미션 스쿨과 신학교육과 종교교육 전공으로 당시의 미국의 위대한 교육자인 John Dewey의 "민주주의 교육철학"을 접했을 것이고 3. 신학교 재학당시 선교사의 비서 일을 보았다는 것에서 추리한다.

선친이 방임주의로 일관한 사례를 든다. 1. 일요일에 교회 대신 축구대회에 가느라고 부엌 뒷문으로 빠져나가곤 한 것을 책망하신 적이 없다. 2. 평양 제일 고급 중학교에 입학해서 공산주의 세뇌교육으로 학교에 흥미를 잃었다. 성화 신학교에 관한 정보에 접하고 입학의사를 밝혔더니 교무과장인 박대선 교수를 통해 입학까지 주선해 주셨다. 그러나 신학교는 두 학기가 지나 폐교되었고 졸업장 대신 인생의 머릿돌이 된 "자유"라는 수료증을 받았다. 3. 육군 하사관 모집에 지원했다가 소집하는 날 입대할 마음이 없어 선친에게 말씀드리니 쾌히 승낙해 주셨다. 얼마 지나지 않아 감리교 신학교 모집공고에 제주읍에서 시험을 치르고 1951년 가을 부산에서 임시 개교한 신학교에서 공부를 시작했다. 여기서 선친의 이해와 배려를 깨닫기에 이르렀고 "부전자전父傳子傳"이라는 용어用語를 자랑스럽게 적용한다.

1930년대에 장로교 평양 노회에서는 *아빙돈성서주해*를 번역한 김재준 목사를 단죄하여 재판부에 회부한 일이 있었을 때 선친이 노회 석상에서 이를 무마시켜 김 목사가 책벌을 면하게 되었다. 여기서 그의 말로 직접 들어본다.

> 이것이 선친의 생물학적 DNA이건 혹은 가정교육의 원리이었든 간에 내게 유전된 자유주의 ethos는 한평생 나의 삶을 지배하는 축軸이 되었다. 나는 어릴 때부터 누구에게 구속받거나 규격화된 것에는 항거를 주저하지 않았고 스스로 자유하기를 바랐기 때문에…장로교 목사의 아들인 내가 감리교 목사가 된 것이나, 일제와 김일성 독재 및 유신정권에 항거한 것 역시 자유의 유산에 비롯되었다고 해야 할 것이다. [*자유를 살다*, p. 26]

만능의 어머니 이의선李義善 여사는 9남매를 낳아 5남매를 키우고, 음식 솜씨도 대단한 재능으로 지혜는 타의 추종을 불허했다. 89세까지 장수하셨는데, 이 박사의 외모는 어머니 편을 많이 닮았다.

고결高潔하신 장모님 이영李榮 여사는 스스로 글을 깨우치고 독서를 통해 지혜를 습득하고, 기억력이 뛰어나 암기한 옛 이야기와 소설을 손녀들에 들려주셨다. 삯바느질, 하숙, 숙박업 등으로 남매의 고등교육을 위해 안간힘을 다했다. 맑고 깨끗한 성품으로 사위를 위해 점심때 새 밥을 지어 주셨다. 아들네가 자녀들의 교육을 위해 이민 간 미국에서 96세까지 장수로 4대손을 보았다.

이 박사는 둘째로 형과 남동생 둘과 고명딸 여동생이 있는데, 우리 사촌과 이북에서 내려온 숭의여고를 같이 다녀 이야기를 들었다.

형님은 11살 위로 숭실중학교와 일본 관서공업전문대학을 졸업하고 진남포 동해건국주식회사에서 기술자로 일했고, 남하하여 동래에 있는 국군종합학교 교수였다. 형수는 간호사와 사회사업가로 미국에 이민 가서 6년 동안 어머니를 모셨다. 그러기에 형님과 형수님을 고마우신 분으로 기억하고 있다.

선친에게서 배운 바를 기억하여, 가정생활에서도 사모와 세 딸이 스스로 자신의 삶을 결단하도록 자유분위기를 조성했다. 집에 있을 때 주로 서재에서 독서와 글 쓰는 것을 보고 자란 세 딸이 모두가 대학교수가 되었다. 선혜, 경혜, 정혜는 모두가 사회사업 전문의 대학 교수들로, 하나는 한국에서, 둘은 미국에서 살기에, 자주 미국에 방문하는 길에 뵐 수가 있었다.

사모는 장모님을 닮아 뛰어난 기억력과 맑은 마음, 그리고 성실함을 구비한 성품으로 한결같은 강점을 지니고 있다. 어머니가 세상 떠나신 다음에 하루는 아내가 어머니가 입었던 헌 옷을 입고 있어 물었더니 어머니 옷을 정리하다가 버리는 것이 미안해서 입을 수 있는 것을 골라서 입었다는 것이다. 여기서 아내의 생각과 성품에 대한 새로운 이해로 마음을 완전히 녹여 버리고 감동과 감사한 마음을 지니게 되었다.

교회 일에 관여치 않고 교인들과의 교제만 돈독히 하는 일에 주력해 달라는 부탁에 120%를 들어주었다. 설교와 목회에 대해서는 신랄한 비판자로 훌륭한 협조자로 보필해 주었다. 최근에는 90인데도 설교를 포기하지 않는다는 것을 지적한다. 평생 수고한 이에게 이제는 갚아주어야겠다는 생각으로 산다. 어머니에게 못다 한 효도는 아내에게 돌려주는 길이 있다.

손자 셋에 고명 손녀 하나를 돌봐주는 일이 있다. 큰딸은 아들만 둘이고, 작은애 둘은 미국에서 산다. 미국에서 태어난 아이들은 한국음식을 좋아해서 김밥, 배추 된장국, 불고기, 갈비구이 등을 즐긴다.

출가한 딸 치다꺼리는 한국문화의 특산물로, 손자를 키우는 것은 "총체적 돌봄total care"이라는 직종이다. 할미는 아이들의 요구에 불철주야로 부엌에서 서성거린다.

그의 생활 속의 좌우명을 살펴보면, '인간의 사회적 책임: 생명의 가치와 자기희생'을 체험하기에 이른다. 부모 자신이 가정에서 자녀들에게 삶의 모범이 되어야 한다. 자녀들은 부모를 보고 닮아 감으로 자연히 부모의 복사판이 되기 때문이다. 가정환경이 그 출발점이 된다.

그러나 일단 결혼하고 가정을 꾸리면 그들의 삶에 대해 신경을 접는 것을 원칙으로 삼았다. 자신의 삶을 독자적으로 경영할 수 있도록 일체의 관여를 온전히 단절해야 한다. 각기 인격적으로나 사회적으로 자기 삶을 스스로 책임지는 성숙한 인간으로 진화하도록 해방하는 것이야말로, 진정 자녀를 사랑하는 것이고, 진정한 부모 역할을 다하는 것이다.

이제는 세 딸이 부모에 대한 관심과 배려를 펴고 있다. 큰 손자가 우리 집에 와서 하루 저녁을 함께 지내면서 늙은이들의 생활과 건강을 점검하고 필요한 것과 부족한 것을 가져오기도 하고 주문해 주기도 한다. 10년 묵은 소스들을 폐기처분하고 우리가 신혼 때 산 냄비를 새것으로 교체해 준다. 이제는 딸들에게서 선물이나 대접받는 것이 그렇게 고맙고 미안하게 느껴진다.

화장문화火葬文化도 급속도로 진행되는 마당에 부모님 묘소관리를 자손들에게 남겨주는 것이 옳은지 서서히 고민하기 시작했다. 여기에 큰조카가 책임지겠다고 나섰다. 유골을 서해에 뿌리느냐 아니면 납골당에 모시느냐하는 새로운 문제가 제기 되었다. 묘소 자리에 납골 묘를 설치하기로 했다. 이렇게 놀랍고 아름다운 마음씨를 보게 되니 우리 가족에 내리신 하느님의 측량할 수 없는 은총을 어떻게 다 감사할 수 있으랴!

목회관

어릴 때 꿈은 축구선수, 작가와 영어 선생이 되는 것이었는데, 평양의 성화신학교에서 1년이라는 짧은 기간에 받은 자유의 가치와 교수님들의 인격적인 감화로 목사가 되었다.

젊은이들과 지식인들을 대상으로 목회와 교육을 목표로 했기에 설교는 지적 매개물로 시대적 상황과 연결시켰다. 군사정권 시대에는 독재에 대한 저항과 자유의식을 고취했고, 민주화를 이룩한 후에는 시민의 사회적 책임에 방점傍點을 두었다.

설교는 어려운 것으로 항상 새롭고 창의적이어야 하는 것으로, 영원한 말씀을 급변하는 상황에 적절하게 해석하는 데 촉각을 곤두세우느라 곤혹을 치르기도 했다. 설교는 하느님 말씀이 설교자의 신앙과 인격과 신학을 통해 성육신成肉身: incarnation 된 것이라고 할 수 있다. 신학은 "개인과 시대와 문화변동에서 오는 문제들에 대해 성서적 응답을 일삼는 학문임으로, 시공에서 제한받는 것은 부정할 수 없다." [자유를 살다, p. 161]

목회자에게 가장 소중한 것은 언행의 일치와 인간관계로 보고, 겸손하여 섬기는 자세로, 여기에는 인내라는 기본바탕이 필요한 것으로 온전함과 거룩함의 모태가 된다.

젊은이들에게 조언으로 훌륭한 인재로 성장한 많은 예를 들려준다. 그러면서 장래의 지도자를 키우는 일에 헌신할 것을 당부한다. "사람이 산다는 것이 곧 변화와 발전을 추구하는 것"이기 때문이다.

한 가지 인상적인 것은 대학에 일본어과를 제안했지만 이루어지지 않았다. 이것은 옳은 생각으로 일본을 앞지르기 위해서는 먼저 그들에 관해서 배워야 한다. 오래전에 한국에 나가는 비행기에서 만난 분이 미국에서 공부하는 아이를 보고 가는 길이라고 하면서, 자녀들에게 영어와 중국어를 필수로 강조한다고 했다. 2023년 8월 18일 Camp David의 미한일 정상

세상에 보답하는 삶

회담은 외교 전문가인 Joe Biden 대통령의 솔선으로 이루어진 것으로 그 성과는 앞으로 빛을 발할 것이다.

교인의 유형

H. Richard Niebuhr의 명저 *Christ and Culture*에서 다섯 가지의 유형을 구별한 것처럼, 한국 문화에서 신앙과 세상과의 관계를 세 가지로 구분하고, 도전을 제기한다.

첫째, 보수주의자들은 열정과 헌신을 통해 20세기 후반에 교회의 양적 성장과 교세확장과 국내외 선교에 기여했다. 그러나 말과 행동, 신앙생활과 사회생활 사이의 부조리한 경우가 흔하고, 인격의 성숙과 사회적인 책임이 결여한다. 신앙의 아집과 독선을 제거하고 개인의 도덕성과 사회적 책임을 재고하여, 성실하고 현실적인 보수주의를 지향할 필요가 있다.

둘째, 진보주의는 사회정의를 강조하고 정치적 관심에 적극적이다. 20세기 후반 군사정권에 항거하여 민주화를 이루는 데 크게 공헌한 것으로, 기독교의 사회적 책임을 실천한 것이다. 그러나 '정의'만 강조한 나머지 공산주의와 사회주의 이념으로 기울었다. 극단적인 보수주의 신앙인이 하느님을 자기 욕망충족의 도구로 여기는 것처럼, 진보주의 신앙인도 역시 하느님을 자기 이념을 구현하는 도구로 삼는 오류에서 벗어나야 한다.

셋째, 자유주의는 지식인층에 많고 예수를 정신적, 도덕적 스승으로 삼고 그의 교훈을 추종하는데 신앙의 본질인 사랑의 실천을 묵과한다. 이들의 대변자로 최병헌 목사, 유영모 선생, 함석헌 선생, 김홍호 교수를 들 수 있고, 자유주의 신앙인이면서 교회와의 유대를 견지하는 모델은 유동식 박사이다.

신앙을 갖는 목적은 흔히 '구원을 받기 위한 것'으로, 달리 말하면 '정신적 자유'와 '영적 성숙'을 뜻한다고 할 수 있다. 언제나 열린 마음으로 자신의 모습을 성찰하고 상대 주장에 경청하면서, 스스로 좁고 낡은 틀에서 벗어나기 위해 부단히 힘써야 할 것이다. 일례로 보수주의의 철저한 '하느님 신앙,' 진보주의의 '정의 의식', 자유주의의 '관용' 등의 요소들을 융합하고 조화시킬 수 있다면, 이상적 신앙의 유형일 것 같은데 이것은 정녕 불가능한 것일까?

기독교대학의 채플이란 일반 교회와 달리 예배보다는 교육적 측면을 강조하는 것이 그 특징이라 하겠다. 연세대학의 교육이념은 기독교적 진리와 자유를 실현하는 것이나, 어떤 상황에서나 그 이념을 구현하는 것이 채플의 사명임에 틀림없다. 따라서 군사정권의 독재하에서 학생들에게 기독교 이념을 고취하기 위해 함석헌, 김재준, 문익환 등 반정부 인사를 초청하였다. 당국에게 미운털이 박혔을 것은 틀림없는 사실이다. 당시 여러 대학 교수들이 반정부운동에 가담했지만, 정치 활동에는 직접 개입하지 않았다. 그러나 교내활동을 정치적인 것으로 판단했는지 5년간 해직이란 독배의 영광을 누리게 하였다. 이것은 진리와 자유를 위한 사목의 대가로 주어진 것이기에, 교목으로 마땅히 져야 할 십자가로 알고 감수할 뿐이었다.

세상에 보답하는 삶

해직 5년이란 시간은 고난의 때인 동시에 은총의 때이기도 했다. 대학에 있었다면 할 수 없는 일들이 쏟아진 것이다. 감리교 총회신학교 설립과 운영, 감리교 갱신운동과 합동, 존 웨슬리 총서 10권 편집과 간행, 화양감리교회 대학생교회, 에모리대학 박사과정 이수 등 믿기지 않는 창의적인 발상과 초인적인 능력을 발휘한 놀라운 계기였기 때문이다. 결국 우리가 당하는 고난은 무의미한 것이 없다는 사실을 깨닫게 되었다. [*자유를 살다*. 126]

그의 좌우명은 "행함이 없는 믿음을 죽은 것이다" (야고보서 2:17)라는 지행합일의 추구로 [*자유를 살다*, p. 291], Boston University의 사회윤리의 골자인 coherence of theory and practice이다. practice에 시작하여 theory를 거쳐, 다시 practice에서 수정을 가하게 된다.

교목실장, 담임목사와 교수로 사람들과의 특별한 관계를 지니고, 그들에게서 배우며 영향을 미치는 two-way traffic으로 복된 시간을 만끽할 수 있었다. 보람찬 목회로 기여하고, *성서와 문화*의 출판과 많은 위원회의 의장으로 한국사회에 공헌한 업적은 보스턴 한국인 디아스포라 프로젝트에서 등재된 명단에서 인정받고 있다. 그 내용을 보면 다음과 같다.

교회와 대학에서 자기의 직책을 희생하면서까지 정의와 자유
의 추구를 통해 발휘한 영향력을 밝히 보여 주고 있다. [*자유를
살다*, p. 331]

칠순이 넘어 쓰는 글은 법法이라 하는데, 목회 45년, 9순에 쓰는 이 박사의 글은 법을 넘어서는 계명誡命으로 여겨진다. 지금까지 이 박사에게 후배들에게 좋은 교훈을 남겨 달라고 몇 차례 부탁한 일이 있는데 이 책이 그 응답으로 여기고 감사한다. 그의 글은 흥미롭고 깊은 내용을 담고 있는 쉽게 쓴 생활철학이다.

이계준 박사와의 인연은 감리교신학대학 1학년 때 이 박사는 4학년으로 선배였고, Boston University의 선배이기도 하다.

감신을 졸업하고 George L. Hunt의 *Ten Makers of Modern Protestant Thought*를 번역하여 기독교서회에서 출판하기로 하고 군대에 나갔다. 논산 훈련소에서 훈련을 마치고, 수용연대 신체검사대에 신설된 정신신경과에 배속되었다. 이 과는 징집되어 훈련소로 입대하는 장정 중에 교육 수준이 낮아 입대시키지 않는 편이 군에 유리하다는 이유로, 면담하여 색출하는 기관병으로 서울의 대학 출신 8명을 차출한 것이다.

여기서 지나는 동안 수용연대가 적성이 아니라는 '생각을 하고 있던 차에, 서울 출신을 만나서 식사당번을 같이 하면서 책을 읽고 있을 때, KATUSA에 가면 편하게 군대생활을 할 수 있다고 같이 가기로 했다. 당시에 그 비용이 3만 원이 드는데 마침 원고료로 받아 보관한 것이 있어 이것으로 한국군을 떠나 미군에 배출되는 길이 부평에 있는 Ascom Area Command였다.

세상에 보답하는 삶

다른 사람들은 다 부대로 배정되어 떠났는데도, 나만은 혼자 오랫동안 대기상태에서 은근히 걱정도 되었다. 그런데 하루는 한국 병장이 와서 jeep차에 태우고, 이곳 KATUSA 부대로 갔다. 그 자리에는 이계준 군목이 있었고, 부대장에게 인사시키고, 이 군목이 있는 Chapel의 Chaplain's Assistant로, 작은 방을 하나 주면서, 책이나 읽으라고 했다. 제대할 때까지 편하게 군대생활을 할 수 있었고, 이 계기에 서소문 Christian Children's Fund 사무실에서 번역실temporary로 시작해서, permanent가 되고, 유학으로 떠나기까지 7년 동안을 토요일도 쉬고 일 년에 두 번 bonus를 받는 편한 직장생활을 할 수 있었다. 퇴직금은 미국에서 얼마 안 되는 5백여 불을 받아 그래도 도움이 되었다. 내가 떠날 때 여기서 만난 동료직원은 왜 이 좋은 직장을 떠나는가를 의아해했다고 했다.

이 박사는 내 인생의 turning-point를 마련해 준 은인恩人으로 자주 연락을 했고 책의 출판사를 소개해 주어 큰 도움을 받았다. 미국에서 교수인 두 딸 방문 시에 뵐 수 있었는데, 이제는 카톡으로 영상을 보면서 통화할 수 있어 먼 거리 여행은 안 해도 된다고 했으니, 뵌 지가 오래되었다.

늘 건강하시고 보람되시기를 바란다.

10.

조병국趙炳菊 홀트 아동병원장

- 조병국, 할머니 의사 청진기를 놓다: 6만 입양아의 주치의이자 엄마였던 홀트 아동병원 조병국 원장의 50년 의료일기 (서울: 삼성출판사, 2010)
- 전중현, 조병국 원장의 동기와 헌신 (서울: 좋은땅, 2019)
- *BEFORE ADOPTION···There was Dr. Cho: Stories and Experiences of a Post-Korean War Pediatrician* Written by Dr. Byung Kuk Cho (Seoul: The Adoptee Group Publishing, 2022)

우리 민족의 역사에는 동족상잔同族相殘의 비참한 전쟁 (1951년 6월 25일-1953년 7월 27일)을 치른 쓰라린 경험을 지니고 이 비극을 극복하기까지에는 숱한 고난을 감당해야만 했다. 특히 부모를 잃고 고아가된 아이들이 많았는데, 이들의 생명을 유지하고 돌봐주는 막중莫重한 과제에 헌신한 조병국趙炳菊 원장의 헌신과 공헌에 접해 보기로 한다. 더욱 친밀하게 접근하기 위해 그의 말로 직접 들어본다.

세상에 보답하는 삶

의료시설이 부족하던 시절 두 동생을 잃고, 한국전쟁 동안 버려진 아이들을 보면서 의과대학 진학을 결심한다. 1958년 연세대 의과대학을 졸업하고, 1963년 소아과 전문의 자격증을 받아 시립아동병원과 홀트아동복지회 부속의원에서 근무하였고, 1993년 정년을 맞아 홀트부속의원에서 퇴임했으나, 후임자가 나서지 않아 전 원장이라는 직함으로 계속 진료를 해오다가 2009년 10월 75세 때 건강상의 이유로 완전히 홀트아동복지회 부속의원장 자리에서 퇴임했다.

실은 정년퇴임 날짜는 벌써 전에 지나갔으며, 어깨도 시원치 않은 노인네가 정년을 무려 15년이나 넘겨 가면서까지 이 일을 놓지 못한 건 후임을 찾지 못했기 때문이었다. 의사치곤 박봉인 자리라, 선뜻 나서는 이가 없었다. 후임이 정해질 때까지 한 해, 두 해 보낸 게 15년이나 흐른 것이다. 어깨 통증이 심해져 이제 더 진료를 보는 것이 무리라고 생각하던 차에 마침내 후임이 정해져 얼마나 안도했는지 모른다.

은퇴 소식이 전해지자 모 일간지에서 취재를 하고 싶다고 해서 생각 없이 그러자고 했는데, 그 후부터 주변이 좀 소란스러워졌다. 그간 알고 지내온 사람들한테서 안부 전화가 쏟아졌고, 각종 매체에서 인터뷰 요청이 쇄도했다.

처음에는 나에게 쏟아지는 관심이 신기하고 놀라웠다. 그저 할 일을 했을 뿐인데, '고아들의 대모'니 '입양아들의 어머니'니 하고 추켜세우니 당황스러웠다. 그러던 와중에 책을 내자는 제안을 받았다. 뭐 그리 잘난 사람이라고 책까지 내나 싶어 망설였지만, 출판사에서는 내 이야기가 아니라 내가 만난 사람들 이야기를 듣고 싶다며 설득했다.

아무도 돌아보지 않는 세상의 가장 낮은 곳에서도 기적처럼 희망은 자라고, 기쁘고 뿌듯한 추억도 많았다. 그러면서 내가 정말 행복한 사람이었음을, 준 것보다 받은 게 훨씬 많은 사람이었음을 가슴 깊이 깨달았다.

지난 50년 동안 반쪽짜리도 못 되는 아내요 어머니였던 나를 변함없이 지지해 주었던 남편과 아이들에게 고마움을 전한다.

각박하고 힘든 세상이라지만, 인생을 돌아보면 꼭 그렇지만도 않다. 여기가 세상의 끝인가 싶을 때 누군가 내미는 따뜻한 손, 그 작은 온기가 세상살이에 큰 힘이 된다는 걸 안다면, 그리고 내 손에도 누군가를 데워줄 온기가 있다는 걸 안다면 세상살이도 조금은 녹록할 거라고 생각해 본다. [6-7]

사람들은 의사가 매우 냉철하고 이성적일 거라고 생각한다. 하긴 아주 틀린 생각은 아니다. 의사는 늘 최선을 다해 진료하고 치료, 수술하지만 모든 환자를 다 살려낼 수 있는 건 아니다. 의사의 한계도 분명 존재한다. 그렇다고 해서 의사가 흔들리고 약해진다면 제대로 된 치료를 할 수가 없다. 최선을 다해 치료하되 한계를 인정하는 것, 그게 바로 의사가 냉철하고 이성적일 수밖에 없는 이유다…나는 기적을 믿는다. 단지 이 기적이 어디서 오는 건지 모를 뿐이다. [15]

세상에 보답하는 삶

지금까지 이렇게 내가 의사라는 직업에 회의를 느껴 본 적이 있었던가? 귀가 아파 더는 청진기를 대지 못할 정도로 환자를 많이 보던 때도, 과로로 오른팔에 마비가 왔을 때도, 서울시립아동병원에 의사를 모셔오려고 동분서주하다 교통사고를 당했을 때도 나는 의사가 된 걸 후회하지 않았다. 우리 아이들 숙제 한번 봐주지 못하고 간식 하나 만들어 주지 못하면서 아픈 고아들 곁에 있다는 걸 항상 감사하게 여기던 나였다. 하지만 진료실에 앉아 수십 장이나 되는 사망 진단서에 서명할 때나 힘없이 사그라드는 어린 생명을 그냥 지켜봐야만 할 때는 '내가 정말 의사가 맞나?' 하는 회의가 밀려들곤 했다. [19]

세상의 가장 낮은 곳, 버려지고 아픈 아이들이 모인 이곳에 이왕이면 그 기적이라는 게 더 자주, 오래 머물기를 바랄 뿐이었다. [25]

88올림픽으로 온 나라가 술렁이던 어느 날, 모 신문사 기자가 전화를 걸어왔다. 홀트를 통해 미국으로 입양 간 아이가 의과대학생이 되어 모국 방문을 하는데, 내가 인터뷰에 참여할 수 있느냐는 것이었다. 그는 열 살에 미국으로 입양 간 터라 한국말보다는 영어가 더 편하다고 하니 그에게 통역도 해 주면 좋겠다고 했다. 나로서는 거절할 이유가 없었다.

약속 장소에 가 보니 스물서너 살가량의 청년이 기자와 함께 나와 있었다. 나를 보자 청년은 예의 바르게 인사하며 자신을 소개했다. 자신의 한국 이름은 이영수이고, 열 살에 미국으로 입양 갔다가 한국에는 처음 온 것이라고 했다. 그런데 발음이 영 어눌하고 부정확한 게 어딘가 좀 이상해 보였다. 그가 악수를 하려고 다가올 때 다리를 좀 저는 것도 같았다. 아무래도 지체장애가 있는 듯했지만 내 쪽에서 먼저 아는 체할 수는 없었다. 기자가 나를 홀트아동복지회 부속의원 원장이라고 소개하자 나도 인사를 건넸다.

"반가워요. 조병국이라고 해요."

그러자 청년이 입이 떡 벌어졌다.

"조병국 선생님? 정말 조병국 선생님이세요?"

심상찮은 청년의 반응에 내 머릿속은 분주해졌다. 아무래도 입양 전에 내 진료실을 거쳐 간 아이 같은데, 쉽게 기억나지가 않았다. 지체장애자 가운데 이영수라는 아이가 있었던가?

그런데 청년이 내 표정을 읽었는지 소리쳤다.

"저 기억 안 나세요? 뇌성마비 영수요, 이영수!"

'뇌성마비'라는 단어가 희뿌옇던 내 머릿속 어딘가의 스위치를 탁 하고 올린 모양이었다. 순식간에 머릿속에 등불이 켜지더니 어떤 얼굴 하나가 떠올라 눈앞의 청년과 겹쳐졌다.

"어머, 영수! 그래, 너 영수로구나."

너무나 반가워도 목이 멜 수 있다는 걸 그때 처음 알았다. 더는 말을 이을 수가 없었던 나는 청년을 얼싸안고 그저 등만 두드려 주었을 뿐이다. 내 가슴팍에도 미치지 않던 열 살배기가 이제는 내 키를 훌쩍 넘는 청년이 되어 돌아오다니 감격스러웠다. 더구나 의과대학생이 되었다니, 성치도 않은 몸에 얼마나 피눈물 나게 노력하며 살았을까…. 여러 감정이 파도처럼 밀려들어 쉽게 가라앉지 않았다.

그런데 반가워하던 영수가 갑자기 정색을 하더니 심각해졌다. 그동안 나를 만나면 꼭 물어보고 싶은 게 하나 있었다는 것이다.

"그때 왜 그렇게 벌을 많이 주셨나요? 저는 잘못한 게 하나도 없었는데 왜 항상 벌을 주셨는지 지금도 너무나 궁금합니다."

아니, 이건 또 무슨 소리인가. 전혀 기억에 없는 일이었다. 나는 영수뿐 아니라 다른 아이들에게도 벌을 준 적이 없었다. 내가 알 수 없다는 표정을 짓자 영수가 말을 이었다.

"저만 보면 벽 보고 서 있으라고 하셨잖아요. 기억 안 나세요?"

아하! 그제야 나는 무릎을 탁 쳤다. 그리고는 웃음보가 터져서 한참을 웃었다. 열 살배기가 가슴에 얼마나 원망이 쌓였으면 15년 만에 나를 만나자마자 그 얘기부터 꺼냈을까. 해명해야 했지만 어찌나 웃음이 나오던지 한동안 말을 할 수가 없었다. [39-41]

"우리 둘째 딸 이름이 뭔지 아세요? 말리 병국이에요." [51]
자랑 같지만 내 기억력은 아직 꽤나 쓸 만하다. [59]
하다못해 장애아 시설에서 지내는, 지능이 낮고 나이 어린 장애아들도

사랑과 관심을 받고자 할 때는 평소와는 다른 행동을 보인다. [64]

　오죽 살기 힘들면 어린 것들 데리고 죽을 결심을 다 하겠느냐 하지만, 나는 이런 부모에게 도무지 동정심이 생기질 않는다. '아이들과의 동반자살'이란 게 말이 '자살'이지 실상은 '살인'이다. 고아가 되어 불우한 삶을 사느니 차라리 함께 죽는 게 낫다고 생각한 건 그야말로 부모의 오만이자 착각이리라. 아이들은 부모의 소유물이 아니며, 그 생명은 더더욱 부모가 좌우할 만한 게 아니다. 남겨진 아이들이 어떻게 될지 그 누가 확신할 수 있을까? 부모 잃은 고아로 자랐어도 당당하고 행복하게 제 삶을 살아가는 사람들이 내 주변만 해도 숱하게 많다.

　우리 삶이 준비하고 있는 이 깜짝 선물을 보지 못하고 생을 포기하는 건 얼마나 어리석은 일인가. 그러니 부디 살지어다. 힘들고 고된 삶이라고 포기하지 말고 살아서 내 인생이 어떤 선물을 준비하고 있는지 두 눈 부릅뜨고 지켜볼 일이다. [79]

　그러고 보면 세상에는 선하고 아름다운 사람이 참 많다. 몰인정하고 퍽퍽한 세상이라고들 하지만, 아름이 부모와 같은 사람을 늘 곁에 두고 사는 나에겐 꽤 멋지고 살아 볼 만한 가치가 있는 것이다. [91]

　어찌 보면 지나간 나의 50년은 "피는 물보다 진하다"는 말이 꼭 진리는 아니라는 걸 매번 확인하는 과정이었다. [95]

　　　　　　　　　　　　세상에 보답하는 삶

옛말에 자식은 일생에 할 효도를 세 살 이전에 다 한다고 했다. 예쁜 짓은 세 살 이전에 다 끝나고, 그 이후부터 부모에겐 골병 앓을 일만 남는다는 이야기다. 나도 세 아이의 엄마지만 자식 키우는 게 내내 기쁨과 행복만 넘쳤다면 그건 거짓말이다. 때로는 크게 실망도 하고 배신감도 느꼈으며 슬퍼하기도 했다.

아무튼 옆에서 지켜보는 사람까지 활기차게 만들 만큼 삶에 대한 열정이 대단한 사람이다. 잠시도 쉬지 않고 자신을 발전시키고, 남들을 돕고 덩달아 다른 사람까지 유쾌하게 하는, 놀라운 능력의 소유자가 바로 제니 Jenny, Stanford 대학교수 부인다. [261]

여든이 넘은 김명순 여사님은 지금도 홀트아동복지회와 서울시립아동병원, 전국 각지의 영아원 봉사와 외국인 노동자 가정 후원 사업에 여념이 없으시다. "다 내가 살려고 그래요, 내가 살려고…." 우문현답이다. 남편을 잃고 세상이 무너진 듯 눈앞이 캄캄했을 때 김 여사님은 봉사활동으로 삶의 의미를 다시 찾았다. 자신의 손길을 기다리는 누군가가 세상에 있다는 사실, 그것이 김 여사님에게 다시 살아날 힘을 주었고 계속 살아갈 의미를 주었다. [292]

장신구 살 돈으로 부모 잃은 아이들 입에 들어갈 딸기를 사고, 생활비를 아껴 아픈 아이들 약값을 대신 내는 사람들이 있다. 자신을 가꾸지 않으면 더욱 아름다워지고, 아끼지 않으면 더욱 귀해진다는 것, 그들의 삶을 통해 배운다. [294]

지난 50년간 고아들의 의사로 살면서 좋았던 점은 아름다운 사람들을 많이 만날 수 있었다는 것이다. [297]

이 *의료일기*는 best seller가 되었고, 서평에서 이렇게 말해 주었다.

> 가수 지누션의 션: "이 책에 쓰여진 한 분의 인생 이야기가 보면 볼수록 마음에 와닿고 친근하기까지 합니다. 왜냐하면 그 그림은 버려진 아이들을 향한 지극한 사랑과 헌신과 봉사로 그려졌기 때문입니다…."

> 작가 박완서: "수기를 읽어 내려가면서 나는 자주 눈시울을 붉히고 가슴이 짠해지곤 했다. 그건 감동이었다…."

> 연기자 신애라: "…우리의 아픈 역사 한가운데서 소명을 이루어낸 조 원장님께 깊은 감사와 존경을 표합니다."

2016년 10월 Los Angeles에서 열린 MPAKmission promoting adoption in Korea가 창립 10주년 기념행사 gala에 말리 이사장과 조병국 원장이 참석하는 자리에 우리도 가서, 이제는 성인이 된 입양아들이 정장차림으로 늠름하게 회의를 주관하는 모습에 숙연肅然한 마음을 지녔다. 그러면서 홀트양자회의 수고에 감사하는 마음으로 조병국 원장의 전기에 착수하겠다는 생각을 굳혔다. 조원장은 우리 처형으로 대학생 시절부터 잘 알고, 그가 탁월한 기억력을 소지했기에 그에게서 더 많은 것을 듣고 배우기를 원한 것이다.

먼저 조 원장이 출석하던 교회의 담임목사가 전해 주는 그에 관한 성품을 들어보자. 김영일 목사는 이렇게 말했다.

버려진 아이들이 불쌍해서 56년이 넘도록 '사랑의 봉사자'로서 그들의 눈물을 닦아 주고 건강을 챙겨주며, 그들의 인간성 소외와 인간성 상실의 위치를 인간성 회복으로 치유하여 오신 분이 바로 조병국 원장이시다.

하나님과 다른 사람들을 사랑하기 위해서 희생하고 부정하신 분, 자신을 채우기보다 자신을 비우며, 남을 위해 자신을 희생하며 돌봄의 삶을 살아가신 분이시다. 자기를 낮추어 희생하고, 남에게 하나님의 생명력을 공급하여 최선을 다해서 죽도록 봉사해 오신 분이시다…그는 때 묻지 않고 흐트러짐이 없으며 정의롭고 진실 된 품성은 예나 지금이나 한결 같으시다. 그녀의 죽음을 각오하는 봉사와 헌신에 더 없는 감동을 받는다.

김규철 원로목사는 이렇게 말했다.

조병국 원장님이 선한 사마리아 사람처럼 56년간 여리고 험한 언덕에 버려진 생명들을 위해서 자신의 몸이 부서지도록 헌신으로 희생해 주신 일대기는 헌신의 책이요 생명의 책이요 사랑의 책입니다.

조병국 원장님은 하루에 100여 명이 넘는 아이들을 치료하고 저녁에는 치료의 손이 부족해서 죽어 간 아이들의 사망진단서를 10장 이상을 써야 하는 고뇌의 일을 하셨습니다. 그 때 사항을 이해하기란 힘들 것이지만 이 책을 읽고 모든 사람이 큰 감동을 받아 이 사회가 밝고 아름다운 사회가 되기를 바랍니다.

이제부터는 저자의 *조병국 원장의 동기와 헌신*에서 간추려 보기로 한다.

조 원장의 50여 년간의 의료일기는 그의 헌신과 수고를 눈여겨보던 사람들의 권고로 2009년에 출판되었지만, 이 책은 자서전이 아니라, 열여섯 명의 고아들과 곁에서 도움을 준 여섯 명, 모두 스물두 명의 이야기로 채워졌다. 자신의 삶에 대한 이야기는 전혀 찾아볼 수가 없고, 그가 1991년 대통령상을 받은 사실이나 사진도 실려 있지 않다. 그러기에 여기서는 독자들의 아쉬움을 메우기 위해 주인공의 이야기를 다루는 전기로 구상했다.

가정배경부터 살펴보면, 조부 조종렬 목사는 예산에서 목회했고, 3남 2녀를 두었는데, 아버지는 장남으로 개성 송도고보와 연세대 수물과를 졸업하고, 경기공고 교감, 성동중학교와 인천공고 교장을 역임했다. 인천창영교회 장로로, 체구가 크고 성격이 활달한 분으로, 조 원장이 물려받은 활기찬 성품의 원천을 엿볼 수 있다.

세상에 보답하는 삶

외할아버지 박정익 장로는 평양 산정현교회 주기철 목사의 제일 젊은 장로로 평양 숭실학교의 한문학 선생으로, 그 옛날에는 한문이 지금의 영어처럼 소중한 외국어였다. 어머니 박기열 선생은 일본 동지사 대학 출신으로 집에서 걸레를 들고 일하는 살림꾼으로 이름나 있고, 숭의여고 가정과 선생이었다.

음식 만들 때 모든 자료들을 규모 있게 정돈해 놓는 조직적인 성품으로 정갈하고 깔끔했고, 집에 오는 사람들이 돌아갈 때는 손에 들고 갈 물건을 준비해 주는 내리사랑을 보여 주었다. 이 면에서 학자적인 소양素養을 물려받았다.

조 원장은 1933년 5월 21일 평양에서 태어났고 서울로 이사했다. 의술이 발달하지 못했던 시절 두 동생을 어려서 잃고, 의사가 되겠다는 꿈을 지니고 있었다. 대학 진학 시에 의과대학 지원서를 가져왔으나, 여자에게 적합하지 않다는 이유로 아버지가 그 자리에서 찢어 버렸다. 그러나 "무슨 배짱이었는지 그것만은 양보할 수 없어." 아버지 도장을 몰래 파서 제출했다. 면접시험에서 왜 의과대학을 지망하느냐는 질문에 "소아과 의사가 되어 유아 사망률을 낮추고 싶어서요."라고 거창하게 대답했다.

부군 김선곤은 부산의 초등학교장의 외아들로 연세의대에서 만났고, 연세의대와 한양의대 이비인후과 과장으로 봉사했고, 그의 좋은 성품은 구리병원장을 역임하게도 했다. 부부가 은퇴 후에 신학을 공부하고 무의촌에 가서 진료봉사를 꿈꾸던 남편은 1999년 2000년대의 문턱에서 하나님의 부르심을 받았다.

조 원장은 1958년에 연세대 의과대학을 졸업하고 시립아동병원 소아과에 근무하던 때는 궁핍한 한국 사회와 낙후된 의료기술과 열악한 병원 시설이었다. 그런 상황에서 아이들을 버리는 처참한 현상이 나타났다. 1970년 후반에는 버려진 아동들의 숫자가 너무 많아 다 수용하지 못하게 되었는데, 특히 1972년이 가장 많았다. 병상 수는 80여 개에 불과했는데, 한 해에 신생아부터 4, 5세 미만 아이가 2,400명에 이르기도 했다. 하루에 적게 보면 80명, 소아과 외래에 하루 223명이 온 게 최고였다. 하루에 100명 이상은 청진기를 못 댔는데, 이유는 귀가 아파서였다.

잠깐 살다가 피어 보지도 못하고 살아진 불쌍한 아이들의 사후 처리는 창호지 두 장을 재봉틀로 박아 싸매 주는 게 전부였다. 제대로 치료하지 못해 죽는 아이가 그해에 386명이 되었고, 하루에 사망진단서를 몇 통씩 작성하는 것이 하루 일과가 되기도 했다. 그때 그는 이렇게 기도를 했다.

내 손으로 서명한 사망진단서의 이름들을 잊지 않게 하소서.
불행한 출생과 때 이른 죽음, 한없이 가여운 어린 삶을 기억하
게 하소서.
그리고 이 모두가 어른의 잘못이라는 걸 우리가 뼈저리게 깨닫
게 하소서.

모든 것이 모자라는 형편에서도 놀라운 것은 "아이들을 만나면 에너지가 불쑥불쑥 솟아나는" 용기를 감지했고, "이 천사의 눈을 어찌 외면하랴"는 감동에 휩싸이게 되더라고 회상한다. 그러기에 토요일마다 홀트에서

세상에 보답하는 삶

자원 봉사를 한 것은 '숙명'이라고 생각하고 있다. 그 시절에 그는 잘해 보겠다는 열정으로 열심히 일해서 시립아동병원 김영식 원장은 남자 의사 열하고 조 의사 하나를 안 바꾸겠다고 말할 정도였다.

전쟁 이후 1960-1970년대 나라의 경제는 불황에서 벗어나지 못한 상태로 병원시설은 여전히 미비한 채 정부 보조조차 부족했던 각박한 시절로, 후원금으로 수술비나 입원비를 충당해야 했다. 이 같은 참상에서 아이들의 건강을 회복시키는 일에 전력하는 조 의사는 속수무책으로 좌시할 수만은 없었다. 그는 아이들에게 먹일 우유를 구하기 위해 여러 구호단체에 편지를 썼고, 열악한 시설에서 적절한 치료를 할 수가 없어, 마침 개발도상국을 지원하는 미국 기관을 직접 찾아가 시립병원 시설개선과 각과 증설을 도와달라고 부탁했다. 국제회의가 있는 자리면 득달같이 달려가 후원기관을 물색했다. 그의 마음속에는 적절한 치료를 받지 못하는 타고난 장애아들, 그의 말로 표현하면 "불편함이 있어도 말 한마디 못 하는 아이들을 위해서"였다. 때로는 검사비를 깎아 달라고 무례하게 조르기도 했다. 국내는 물론 독일, 노르웨이, 미국, 캐나다 등지에 아이들의 수술과 치료에 필요한 의료 기구를 받아 내겠다고 백방으로 뛰어다녔다.
시절이 시절인지라, '빨갱이가 아니냐?'는 의심까지 받았다.

'조고집'이라는 말도 들었고, '국제 거지'라는 별명도 붙었지만, 어린아이들을 위한 이 일을 부끄럽게 생각하지 않았다. 지독한 싸움판을 마다치 않았으며, 이것이 옳다고 단정하고 용단 있게 지탱해 나갔다. 그의 말로 들어보자.

어떻게 하겠어요, 그 꼼지락거리는 것들을…도저히 외면할 수가 없지요. 그러기에 엄마 잃은 아이들에게 엄마가 되어 병을 치료하여 건강한 아이로 키워 주려고 했어요. 아이들이 건강하게 자랄 수만 있다면 국제거지라 하든 무엇이라 불려도 아무 상관이 없었어요.

시립아동병원에서는 정부의 제제와 비난에 얽혀 효과적이지 못한 시립아동병원 소아과장직을 사임하고, 아이들을 위해 마음껏 최선을 다할 수 있는 홀트양자회로 옮겼다.

아이들을 진찰하면서 조심성 있게 비교하고 관찰한 점은 부모가 있는 아이와 보육시설의 아이들에게 똑같이 우유를 주는데도, 보육원 아이들은 체중이나 성장이 늦는 점을 주시했고, 실제로 고아원에서 자란 아이들은 성장속도가 느린 것을 포착했다. 여기서 소중한 것은 따뜻한 부모의 보살핌이라는 것이다.

서류작성에도 종전 'abandoned버려졌음' 대신에 'found발견되었음'으로 고쳐 쓰기 시작했다. 버려진 아이는 슬프고 부정적이지만, 발견된 아이는 이미 연관된 사람의 손길이 있기에 돌봐주고 감싸 주는 희망을 내포하는 건설적인 면이 있기 때문이다.

당시의 국내경제사정으로 입양에 대한 이해와 관심이 전혀 발전되지 않은 상태에서 해외입양에 눈을 돌릴 수밖에 없었다. 병든 아이들이 풍

세상에 보답하는 삶

족한 나라에서 음식이라도 마음껏 먹고 치료받는 기회를 주고 싶은 마음으로 해외입양에 박차를 가했다. 이를 추진하는 과정에서 조 원장은 의료면에서 두 가지에 중점을 두었다. 첫째로, 아이들을 건강하게 키워 입양의 후보자로 대기시키는 과업이었고, 둘째로 아이에 대한 정확한 건강정보를 입양부모에게 알려 주어 치료를 제대로 받을 수 있도록 정확히 기록하는 일에 시간을 크게 할애했다.

언제나 전혀 참여하지 않은 방관자의 비난이 있듯이, 한때 국내의 여론은 왜 해외로 입양 보내느냐는 시비가 난무했다. 아이들을 아무 가정에나 내다 버린다는 비난과 양부모가 아이를 죽이기까지 한다는 헛소문을 떠돌게 하고, 심지어는 팔아먹는다는 소리까지 들렸다. 조 원장은 최선을 다해 아이들의 건강을 회복시켜 입양가정을 찾는 일에 정성을 다하여 일하고 있을 때, 그가 직면한 이 시기의 좌절을 이렇게 기억하고 있다.

돌아보면 나에게는 그 시절이 참으로 지옥 같았다…지난 몇십년 동안 내가 한 짓이 '고아 수출'에 불과했나. 사회의 비난에나는 크게 상처를 받았고 내 인생 전체가 흔들리는 위기감을느꼈다.
결과적으로 아이 팔아서 먹고살았다는 식의 이야기를 들은 셈이다. 그처럼 속상했던 때가 없었던 것 같다. 도대체 내가 걸어온 길이 뭐였는지 근본적으로 회의가 들었던 순간이었다.

조 원장이 바라는 한 가지 소원은 아이들이 건강하게 자라는 것이다. 아이들이 잘 크면 그것으로 족하고 그 이상의 욕심이 없다. 그러기에 아이들이 잘 자라 준 것을 고맙게 생각한다.

여기에는 아이들의 피나는 노력이 깔려 있고, 홀트일산타운의 보육직원들의 한결같은 수고가 담겨 있으며, 입양 부모들의 끝없는 정성이 한껏 담겨 아름다운 오케스트라의 화음을 이룬다.

조 원장은 1933년 홀트아동복지회 부속의원 원장직에서 정년퇴임하기위해 후임자를 찾았지만 대우가 적절하지 못한 것은 물론 업무량은 과중하여 새로 온 의사들이 몇 개월도 못 되어 그만두는 경우가 많아 불가피하게 15년이나 넘겨 가면서 계속하게 되었다. 결국 무리하게 겹치는 진료로 어깨도 시원치 않은 데다가 오른손이 마비되는 증세가 보이기 시작하자 부득이 의사직을 중단하기로 했다. 드디어 2008년 4월 75세에 홀트아동복지회 부속의원장직에서 떠나 은퇴하게 되었다.

이제는 모두 정리하고 아들과 딸네가 사는 캐나다에 가서 살려고 준비하며 조용히 여생을 보내는가 싶었는데, 2010년 은퇴 후 2년 되는 때에 홀트에서 사람 구할 때까지 장애아들을 4개월만 봐달라는 요청으로 다시 돌아가게 되었다. 반복되는 이유로 명예원장이란 직함으로 6개월간 추가근무하여, 정년 후 25년을 더 돌보면서 홀트일산타운의 의료 및 모국방문 봉사자들과 함께 기숙 봉사했다. 2020년 3월 코로나 팬다믹으로 홀트를 떠나기까지 60년간 봉사생활을 했다. 요즘은 앵그리 어답티angry adoptee들을 위해 하나님께서 그들이 있는 곳에 위로와 축복 내리시길 기도드리고 있다.

지난날을 돌아보며 "독하게 싸우며, 참 억척으로 살았다"고 회상한다.

조 원장은 간절한 마음이 있기에 용기가 솟아나 무섭게 일의 성취를 추구했다. 동기가 헌신으로 연결되어, 불우한 어린아이들이 장성하여 사회의 일꾼으로 세워지는 감격을 지니게 된다.

조 원장은 아이들을 통해서 많은 것을 배웠고, 절망의 자리에서 사랑과 소망의 기적을 보는 감격을 지녔다.

조 원장의 이해로는 당연한 일을 했을 뿐 내세울 것이 하나도 없다는 소신이지만, 그가 받은 국, 내외의 표창은 다음과 같다.

정부기관 표창:

1970. 4. 7.   제19회 서울특별시 표창 19호

1982. 5. 5.   사회부문 봉사상 보건사회부장관 248호

1991. 10. 1.   국민포장 사회부문 대통령 표창 4330호

2012. 5. 11.   국민훈장 동백장 33855호

사설기관 표창:

1980. 9. 5.   고송상 아동부문 한국아동재단

1985. 8. 5.   Trenton, New Jersey 명예시민증 Holland 시장

1987. 6.   감사패 북미입양부모회 16th NACAC

1987. 9. 14.   Bertha Holt Award Holt International Chilldren's Service

1996. 1. 23.   Distinguished Service Award Catholic Charity, Baltimore,
                Maryland

2010. 3.   제26회 보령의료봉상 대상 보령제약 대한의사협회

2010. 11.   MBC 봉사대상 본상 MBC 방송국

2020.   사회봉사패 기독교 대한감리회 서울 연회

2011. 1. 29.   에비슨 봉사상 연세의대 총동문회

2011. 5. 14.   연세대학교 126주년기념 사회봉사대상 연세대총장

2012. 10. 4.   파라다이스 사회부문상

2012. 10. 31. 비추미상 사회부문 달리상 삼성생명공익재단

2012. 12. 12. 세상을 밝게 만든 사람들 환경재단

2015. 8. 24.   성천성 재단법인 중외학술재단

2018. 8. 12.   제22회 만해 (한용운 시인) 실천대상 (백담사)

상패 없는 흐뭇한 마음의 상도 있다.

토요일 봉사 오는 여인이 너무나 자주 사다 줘서 내가 사는 건
아무것도 없이 지냅니다. [이메일에서]

조 원장은 불우한 아이들을 돌보는 고난 속에서 헤쳐 나가야 할 방향을
포착했고, 이에 굴하지 않고 지녀야 할 동기가 조성되었고, 이 분명한 동
기의 지원으로 주어진 상황을 개혁하고 발전시키는 행동을 유발시켰다.

세상에 보답하는 삶

입양아들의 영원한 주치의로 살아온 과정에서 "가슴이 벅차오르고 기쁨이 이를 데 없다"는 그의 감회이다. 지금은 성장하여 어른이 되어 어디 있는지는 모르지만 보다 나은 삶을 살겠다는 흐뭇한 마음이다.

그의 정년퇴직 시에 6만 명의 입양을 보냈지만, 2017년 말까지 105,051명의 아이들을 입양시켜 새로운 가정을 찾아주고 훌륭한 사회인으로 공헌하는 삶을 살도록 보살펴준 것이다.

조 원장은 어려서는 몸이 쇠약했지만, 훗날 아이들을 위해 봉사하는 삶 가운데서 그의 건강이 기적적으로 회복되었고, 이제 9순을 맞았다.

지금도 그가 전하고 싶은 말은 감사이다.
잘 자라 준 어린이들에게
물심양면으로 도와준 분들에게
이름 모를 봉사자들에게
큰 절을 하고 싶은 마음이다.

*조병국 원장의 동기와 헌신*을 읽고 보내온 서평을 실린다.

나는 조병국 원장을 잘 알고 있다고 생각했다. 그러나 전중현 박사께서 저술한 *조병국 원장의 동기와 헌신*이란 전기를 읽고 많은 것을 깨달으며 깊은 감동을 받게 되어 감사한다. -김영일 목사

보내주신 책을 잘 받아서 단숨에 읽었습니다.

이런 아름다운 이야기를 써주신 전목사님께 감사드립니다.

저의 앞으로 남은 시간을 어찌 살아야 할지 책을 읽으며 생각

해 보았습니다.

우리가 버리고 사는 삶의 의미를 발견하게 해 주는 책입니다.

저희들 잘 살겠습니다.

정말 고맙습니다. -이재숙 권사

성장한 입양인들이 한글을 읽을 수 없기에 2002년에 영어로 번역해서 출판한 책이 있다. 이 책의 표지가 이색적이다.

*BEFORE ADOPTION…THERE WAS DR. CHO*입양 이전에 조 원장이 있었 다*: STORIES AND EXPERIENCES OF A POST-KOREAN WAR PEDIATRICIAN.*

WRITTEN BY DR. BYUNG KUK CHO

(Seoul: The Adoptee Group

Publishing, 2022)

뒤 표지에는 조 원장의 큰 사진과 함께

Dr. Cho…We Thank You for Caring and Fighting!

가여운 어린 생명들을 보살펴주고

"독하게 싸우며 참 억척으로 살아"[165]

"가슴이 벅차고 기쁨이 이를 데 없다"[192]는

조 원장의 수고를 기억하고 감사하고 있다.

이토록 귀하게 성장하여 당당한 사회의 일꾼으로 빨, 주, 노, 초, 파, 남, 보의 7색 찬란燦爛한 감사의 무지개를 펼치고 있다.

해외 입양인들은 보다 향상된 삶을 살고 있다. 그중에서도 탁월한 경우를 들어보기로 하는데, 이 자료는 조 원장이 그들이 건강하고 행복하고 보람된 삶을 염원하는 가운데 여러 기사에서 수집한 것이다. 여기에는 이름과 날짜를 기록해 놓지 않은 것도 있다.

- Stephen Morrison은 MPAK Mission to Promote Adoption of Korean: 입양홍보회의 책임자로 봉사하고 있다. 그는 홀트일산복지타운에서 8년을 살다가 14살에 미국에 입양되어 훌륭하게 성장했다. 새로운 삶을 감사하고 보답하는 마음으로 이 모임을 이끌어가고 있다. 한국말도 잘하는데, 미국에서 열심히 배웠다고 한다.

- Susan Cox는 미국 홀트본부 vice president로 홍보부장이다. 이 둘은 이명박 대통령 시에 명예 시민권을 받았다.

- NFL Buffalo Bills의 소유주 billionaire Kim Pegula는 입양아로, 그의 딸 Jessica는 7세부터 취미로 시작한 tennis로 세계 3위이다. [조선일보 2023년 5월 30일자 Sports & People란]

- 진 마이어슨 여사는 "Before the Invention of Death"라는 제목의 그림을 그린 세계적인 미술가이다. [2013년 9월 6일자 기사]

- 이준 중령이 자신이 갓난아이일 때 바구니에 담겨진 채 버려진 대구의 캠프 헨리 정문 앞에서 찍은 군복차림의 사진이 실렸다. 주한미군 정보장교로 복무하는 날 그 앞에서 펑펑 울었다. 혼혈을 차별하는 한국을 싫어했다. 주한 미국 대사가 되는 것이 꿈이었다. [2023년 10월 6일 금요일 기사]

- Dr. Lee Schuh는 Minnesota주에 거주하는 재활의학 전문의이다. 평생 통증을 지니고 일해야 하지만 믿음으로 극복하며 봉사하고 있다. 첫째와 둘째 딸이 고등학교에서 월반하고, 셋째는 한글을 배웠다.

- 이영수 의사는 지체장애자로 홀트 방문하였다.

- 신대철은 Walmart 계산대에서 6년간 봉사하고 지금은 cashier로 결혼해서 행복하게 살고 있다. 양부모는 장애자 가정을 찾아주는 사회사업가로, 다른 나라의 장애아 13명을 입양하고, 은퇴 후 Cambodia 장애자 고아원에서 봉사하였다.

- 한국 출생 의사는 방사선과로 2008년, 3개월 때 입양되어 현재 34세이다. [*Korea Times* 2017년 6월 8일 자 기사]

- 마취과 전문의사는 Indiana주 거주 중이며, 일산 홀트 봉사 3개월 하였다.

세상에 보답하는 삶

- 자랑스러운 소아과 전문 여의사 Judith Eckerie는 MD FAAP University of Minnesota, Asasociate Professor, Director of the Adoption Medical Clinic, Pediatric Physician advisor, Utilization Management UMMC, MIDE Affiliate Manager, 60주년 기념에 입양인들에 관한 speaker로 왔고, 금년 5월 방문 예정. 결혼하여 예쁜 두 딸의 엄마로, 한국 이름은 모른다.

- 산부인과 전문 병원의 책임자는 Iowa주에서 성장하고 현재 Florida주에 거주하고 있다.

- Minnesota주에 거주하며 장인의 골프장을 물려받은 입양인은 고등학교 졸업 후 골프장 아르바이트 중 경추 수술로 인해 키가 작으나 그의 성실한 행위를 믿고 딸을 소개하여 사위를 삼았다.

- 전쟁고아 "우물가 소년" 임종덕林鐘德 씨는 Harvard 박사가 되어 돌아왔다. 피난 못 간 광복군 출신인 부모는 인민군에 의해 마당에서 총살당했고, 7남매도 안방에 감금하고 불을 질렀지만 나무 위에 숨어 살아났다. 후에 덕수궁 뒤 우물가에서 잠든 사이에 *라이프*지 카메라에 잡혀, 8남매 중 혼자 살아남은 고아로 알려졌고 정치학과 수석 졸업하였다. 6.25 40주년 서울 시청 정문 위에 그의 사진이 결려 있었다.

- 1952년 14세 때 미공군사령관 양아들로 입양되었다. 1955년 양어머니가 와서 데려갔다.

- 1999년 9월 12일 미국회 의사당 앞에서 "뿌리가 그리운 잎 새들" 기사와 함께 미 입양 한국계 1세대의 첫 모임 기념사진이 실렸다.

- 수잔 스패포드는 2000년 Miss America에 출전한 한국인으로 3위에 올랐고, violinist, 지금쯤 박사 학위 후 후배 양성할 듯하다.

- 유명한 요리 전문가가 있고, 교사가 있고, 불란서에서는 장관이 된 이도 있다.

- 마이클 시글은 미 육군 준장으로 미육군 병참학교 교장이며, 주한 미군으로 3차례 근무하였다. 현역 중 유일한 한국계 장군이다. [토요 조선일보 People & Story, 2022년 10월 22일 자]

- 한국에서 태어난 해외 입양인들이 미혼모 가정을 지원하는 미담이 세상에 알려졌다. 미국의 Shanon White (41, 한국명 정두나)가 시작한 것으로 15년째 계속되고 있는데, 후원자 150명이 이제는 300명으로 규모가 커졌다. 이것은 자기들의 엄마가 미혼모였을 자신들의 어려운 옛날을 떠올리며, 아이를 포기하지 않도록 응원하는 취지에서 2009년에 시작되었다. 어려움을 극복하고 이제는 어려움을 겪는 이들을 도와주는 아름다운 인정이다. [동아일보 2023년 12월 23일 자 사회면]

- Amy Schneiderman은 1971년 부산에서 출생하였고, 1971년 Sweden으로 입양되었다.

세상에 보답하는 삶

웁살라대학, 미 Maryland 대학에서 국제 정치학 전공하고 UC Berkeley에서 박사학위, Berkeley와 Stockholm 대학의 교수, EU 방위청에서 일하면서 EU 군사안보전력 수립에 핵심역할을 했다.

러시아의 확장정책 때문에 Finland와 Sweden의 NATO 가입을 10년 전 예견함으로 유명해졌다. 2022년 5월 Finland와 Sweden이 동시가입을 신청하자 2014년 미국 국제외교 저럴 Foreign Affairs의 글이 다시 화제가 되었다.

4년 전 DMZ를 한번 둘러보고 갔다. 현재 EUISS 유럽안보연구소의 선임 연구원이다. 불란서 파리에 본부를 둔 테러-난민 분쟁예방 사이버 안보 등 다양한 분야를 다루는 EU의 외교안보 정책 think tank로 2002년 1월 출범했다. [2024년 3월 11일 자 이메일. 이 기사는 신문에 2페이지 2/3 정도의 인터뷰 기사가 실렸다.]

그가 방문 전 홀트 사무실에 보낸 편지의 일부를 소개한다.

Hello, I am Korean adoptee 56, who is extremely thankful to Holt for providing me a home in a Christian family! I now am married with 5 adult children and we love our Korean heritage and the Holt story.

I am excited at the hope of showing all my children my lst known home and introducing them to my heritage.

We have invested a lot of money to bring them all to Korean visit Ilsan and Holt agency before Dr. Cho dies.

지금도 조 원장은 그의 손을 거쳐 입양 간 아이들이 이제는 어른이 되어 복된 삶을 살기를 바라는 소망으로 가득하다.
그러기에 그는 이렇게 기도한다.

15-16만 명의 입양인들을
하나님이 돌보시고 위로와 축복내리시기를
간절히 기원祈願드립니다.
[2024년 2월 13일 자 이메일]

11. ━━━━━━━━━━━━━━━━

하재관河在寬 시카고 사회사업가

1935. 1. 21. 하태수 목사와 김성복 사모의 3남 3녀 중 차남으로 출생

학력:

1955.   연세대 신과대학 1년 수료

1960.   외국어대 3학년 편입

1965.   Denver University 3학년 편입

1966.   Hastings College (Nebraska주), BA

1970.   McCormick Theological Seminary (Chicago), MA

1985.   Jane Adams School of Social Work, University of Iowa,

             MSWmaster of social work

경력:

1961. - 1965.   Christian Children's Fund기독교 아동 복리회 번역실

1970. - 1973.   Chicago Housing Authority 노인국 social worker

1973. -   시카고 노인 건강센터 창립 사무총장

현재51년간   이사장

저서:

- *$7.00로 시작한 나의 아메리칸 드림* (서울: 좋은땅, 2023) (153 페이
  지의 작은 책으로 겉표지는 박력이 깃든 표정의 젊은 시절의 사진으
  로, 선친의 모습과 비슷하다.)
- *하태수 목사의 육필 자서전, 만각晩覺: 뒤늦게 깨달음의 도세전渡世傳*

American Dream

Italy의 탐험가 Christopher Columbus가 1451년에 아메리카 대륙을 발
견한 후로 유럽의 정체된 사회에서 탈피하여 신세계의 참신함에 관심을
가지기 시작했다. 정착자들과 식민지 개척자들이 독재와 정치적인 핍박
과 종교의 자유를 찾고 빈곤에서 벗어나기 위한 새로운 세계로 향한 이민
의 모험이 시작되었다.

American Dream은 미국에서 인종이나 배경과는 상관없이 신분향상
mobility과 자유와 기회의 나라에서 열심히 일을 해서 성공할 수 있다는 이
상理想이다. 미국의 국가적인 ethos는 대의원제의 민주주의와 권리와 자
유와 동등권을 의미하는 것으로, 개인의 성공을 이룰 수가 있다는 기회이
다. 쉽게 말하면, 꿈을 지니고 열심히 일하면 성공과 번영을 기할 수 있다
는 보장/특권이다.

이 말은 1931년 미국의 사업가이며 역사가인 James Truslaw Adams가

*Epic of America*에서 이 용어를 대중화한 것으로 사회배경이나 출생배경에 상관없이 개인이 보다 나은 삶으로 향상시킬 수 있다는 것이다. 그 이후로 "미국의 꿈"이라는 말이 널리 보급되어 특히 외국에서 이민 온 사람들에게 사용되고 있다.

1620년 영국에서 청교도들이 Mayflower호를 타고 대서양을 건너와 Plymouth에서 그다음 해에 추수감사절을 시작한다. 1949년 California에서 금의 발견으로 8만 명이나 되는 사람들이 세계 각처에서 몰려들었는데 여기에 중국 노무자들coolie의 고생스러운 이야기가 우리의 눈길을 끈다.

1776년의 미국 독립선언서에 참신한 새 천지의 이상을 천명하고 있다. "We hold these truths to be self-evident, that all men are created equal, that they are endowed by their Creator with certain inalienable Rights, that among their Life, Liberty and the pursuit of Happiness." 모든 사람이 지니는 하나님이 주신 동등하게 창조되어 생명과 자유와 행복추구의 절대적인 권리이다.

여기에는 많은 문헌이 공헌하고 있는데 예를 들면, Benjamin Franklin의 *자서전*, Mark Twain, *Adventures of Huckleberry Finn* (1884), Willa Cather, *My Antonia*, F. Scott Fitzerald, *The Great Gatsby* (1925), Theodore Dreiser, *An American Tragedy* (1925), Tonny Morrison, *Song of Solomon* (1977)과 그 외에도 Hunter S. Thompson, Edward Albee, John Steinbeck, Langston Hughes, Giannia Brasch가 이 주제를 다루고

있다. 2006년 Dr. Guiyou Huang이 Florida주의 St. Thomas University에서 아시아 이민의 소설에서 American Dream을 말하고 있다.

미국의 꿈에 공헌한 정치 지도자로는 Abraham Lincoln, Henry Kissinger, Hilary Clinton, Barak Obama, Joe Biden을 들 수가 있다. 최근에 Donald J. Trump는 이에 역행하는 백인 우월주의로 특이한 상황을 배출하고 있는데 전직 대통령으로 처음으로 감옥에서 찍은 mug shot수배자 상반신 사진이 공개되었다. 그는 4곳의 법정에서 91개 항목의 기소를 받고 2024년에 재판받게 된다.

1787년의 미국헌법에 정부는 종교의 자유행사를 제지하거나 지원할 수 없다고 명시했다. 1971년의 First Amendment는 "국회는 종교의 확립이나 금지하는데 관한 법을 제정할 수 없다"고 명시했고, 1868년의 Fourteenth Amendment에 이어 자유와 분리의 원칙을 확립했다. 이 마지막 수정조항이 국가와 종교 향상에 최선책으로, 종교는 다른 사람의 침해 없는 사적인 관심으로 해석한다.

Martin Luther King, Jr.는 지금부터 60년 전에 쓴 "Letter from Birmingham Jail" (1963)에서 "인종차별의 위기는 시급한 것으로 우리가 쓰라린 경험을 통해서 아는 것은 자유는 핍박자가 자진해서 주는 게 아니고 억압당한 자들이 요청해야 한다"고 했다. 한 달 안에 March to Washington 중 Lincoln Memorial에서 유명한 17분간의 "I Have A Dream" 연설을 했다. 이날을 기념하여 금년에 Joe Biden 대통령은 King 목사의 가족과 민권운동 지도

세상에 보답하는 삶

자들과 유대인, 라틴계와 아시아 계통의 대표자들도 백악관으로 초청했다. 그의 정의와 평등을 위한 노력은 흑인들만을 위한 것이 아니고 모든 이민자들을 위한 것으로, 한국 이민자들도 이에 포함된다. 1964년에 Civil Rights Act가 통과되고 1965년에 Voting Right Act가 선포되었다. 그의 헌신으로 많은 것이 성취되었지만 아직도 그의 꿈은 요원한 것으로 우리의 참여가 필요하다.

Leo Pfeffer는 미국의 법률가로 헌법학자이며 인본주의자로 종교의 자유운동에 활약하고 교회와 국가분리의 법적인 저자로 선두에 서는 인물이다. 그는 1910년에 Austria-Hungary에서 태어나고 곧 1912년에 부모와 형제들과 같이 미국으로 이민 왔다. 그의 저서 *Church, State and Freedom* (Boston: Beacon Press, 1953)은 칭송이 자자한 명작으로 교회와 정치 분리의 모든 원칙의 진화역사를 담고 있는 자료서적이다.

Arthur Miller가 1949년에 쓴 희곡 *The Death of Salesman*에 접해 보기로 한다. 주인공 Willy Loman이 60세가 넘은 시대에 뒤떨어진 세일즈맨으로 아직도 보험이나 월부부금月賦賦金에 쫓기고 있으면서도 화려한 과거의 꿈에서 깨어나지 못한다. 윌리는 운전을 하다가 교통사고가 날 뻔도 했다. 오랜 친구인 찰리와 카드놀이를 하면서 어릴 적 기억과 아프리카에서 다이아몬드를 캐내어 부자가 되었다는 형의 환상을 본다. 조혈병造血病을 앓는 윌리는 한때 영업사원으로 활약했지만, 지금은 초라한 특수고용 비정규직 노동자로 일하며 임금이 아닌 수수료를 받는다. 그래서 그가 연령을 이유로 부당하게 해고되고, 친구 찰리가 자신이 사업주인 회사에서 일하라고 권면하면서 "임금도 없는 회사가 어디 있어? 나와 같이 일하자고, 일주일에 50달러는 벌 수 있고, 외근은 시키지 않아." 하고 권했다.

　그러나 전직을 희망했다가 해고당하고, 아들들에게 걸었던 희망도 이들이 사회생활에 적응하지 못하게 되어 무참히 깨어진다. 그 후, 그는 가족을 위하여 보험금을 타게 하려고 자동차를 폭주시켜 죽고 만다. 자동차의 거친 소리로 짧게 묘사하고 나서 장례식 장면이 나온다. 남편의 장례 후에 부인 Linda는 묘지에서 "주택 대출금도 갚았는데 당신은 어디 있느냐"고 통곡하고, 오랜 친구인 찰리는 작은 아들에게 "salesman은 이상을 따르는 사람"이라고 말한다. 미국 사회에서 성공의 꿈을 지녔지만, 꿈이 깨어지고 비참한 죽음을 맞은 희생자의 말로를 묘사한 작품이다. 이 희곡은 Drama Desk상, Pulizer상과 Tony상을 받았다.

　영국이나 Ireland에서 이민 온 사람들은 모국어가 영어이기에 쉽게 정치계와 사업계에서 성공하여 지도자로 부상浮上할 수 있었다. (예로 Kennedy가家) 인도인들도 마찬가지로 영국의 식민지 경험으로 영어를 사용하여 2024년 대선의 공화당 후보로 주지사와 U.N.대사를 지낸 Nickey Haley가 있고, 언론계에서 CNN GPS Fareed Zakaria, 국회담당 기자 Mannu Raju, CNN의 의료담당 Dr. Gupta Sanjay가 있다. 하재관이 만난 필리핀에서 온 여학생도 유창한 영어를 구사했는데 미국의 식민지로 50년을 살아왔기 때문이라고 밝혔다.

　그러나 한국인은 신체의 외모와 문화적 배경이 다르고 언어마저 다른 상황에서 미국의 적응에 많은 노력이 필요하고, "미국의 꿈"은 이루기가 수월치 않은 목표로, 투철한 생각과 엄청난 노력이 필요한 과제이다.

성장과정

이제부터 하재관이 American Dream을 지니고 이를 이룩하는 과정을 살펴보기로 한다. 그가 마음에 지니는 뿌리 깊은 신앙과 투철한 생각이 그의 꿈을 이루는 데 공헌한 강직한 생활 속의 헌신에 주목하기로 한다.

성경말씀대로 사시느라 현실과의 타협을 거부하고 가난을 자초自招한 목사로의 어버지상像을 그의 말로 직접 들어보자.

> 굶기를 밥 먹듯 하던 어린 시절 아버지를 원망했다. 하나님도 원망했다. 나 혼자 있을 때는 들리지 않게 욕도 많이 했다. 이 두 분이 내 욕을 들으셨다면 아마 실신하셨을 것이다. 다른 목사들은 자식들을 굶기지 않는데 왜 내 아버지는 같은 목사이면서도 가족들을 굶기는 걸까? 하나님의 왜 이렇게 진실하고 정직한 종을 돌보지 않는 걸까? 질문이 많았다. 시래기죽이 밥상에 오르면 간장 찍어 얼른 해 치우고 더 먹으려고 주위를 두리번거리던 나의 모습, 죽을 앞에 놓고 긴 감사기도를 드리던 아버지가 미웠다. 생일 이외에는 흰 쌀밥을 배불리 먹어 본 적이 없다.…
> 나의 소년 시절, 아버지와 함께 농사를 짓던 때 아버지는 나의 다정한 친구였다. 내가 고등학생이 되었던 시절 아버지는 무능

한 바보 아버지였다. 내가 장가를 들고 미국에 왔을 때는 아버지는 불쌍한 아버지였다. 내가 중년 후반에 접어들면서 아버지는 깨끗하고 순진한 아버지였다. 내 나이 60에 접어들면서 아버지는 보석 중의 보석 같을 아버지였다. 아버지는 소년시절이나 노후에나 변함없는 똑같은 분이셨지만 나의 아버지상은 이렇게 변해갔다. 내가 미국에 와서 아버지로부터 처음 받은 편지에 "모든 것을 하나님께 의지하고 모세와 같은 훌륭한 사람이 되거라"는 것이었다.

아버지의 삶이 성경말씀 그대로였고 아버지의 영성은 늘 충만했었다…치매증세로 고생하시던 아버지는 72세의 세수歲壽로 소천하셨다. 이 아버지가 나의 가슴속에 살아 계신 아버지시다.

말 그대로 겉옷을 달라하는 자에게 속옷을 벗어주고, 방황하는 한 영혼을 위하여 밤을 새우며, 오른 뺨을 때리면 왼 뺨까지 내민 사람, 아무리 가까운 사이라도 성경대로 살지 않으면 견책하고 엘리야 선지자처럼 직언을 서슴지 않았던 분이 바로 아버지였다. 조금만 현실과 타협을 하셨어도 가난과 핍박을 면한 수 있으셨으나 진실과 함께 걸어가시느라 가족도 돌보지 않으신 아버지였다. 진실이 밥 먹여 주지 않았다. 진실은 외로웠다. 외길을 걸어가시느라 고독하셨던 아버지, 그렇게 융통성이 없이 우직해 보였던 아버지가 지금 나를 지켜 주시고 인생의 오솔길을 안내해 주시고 계시니 이것이 무슨 자기모순이란 말인가?

세상에 보답하는 삶

며느리가 된 내 아내는 유교 풍의 가정에서 시집을 온 사람이지만 아버지를 참으로 존경한다. 말씀이나 마음을 써 주시는 면이 모두가 진심이기 때문이다. 내 아내는 아버지에게 다음과 같은 편지를 썼다.

잔잔한 성품과 따뜻한 눈빛의 아버님, 항상 사람을 편안하게 해 주시는 아버님, 저의 모습 그대로 받아주신 아버님이십니다. 좋은 엄마로 또한 현명한 아내로 살아가라고 말씀하신 그 말씀에 따라 살아갈 수 있도록 힘을 주신 아버님이십니다. 아빠가 유학 떠난 그다음 날 명원이를 낳았을 때 계란 한 꾸러미를 들고 찾아오신 아버님을 기억합니다.

아이들을 잘 기르라고 신신당부하신 그대로 저의 두 딸과 손녀들을 키우면서 아버님의 온화하신 모습을 전해 주고 있습니다. 먼 훗날 태어날 후손에게도 아버님의 참 모습을 전할 것입니다. 저의 부부가 어려운 때면 꿈에서도 현실에서도 아버님을 뵙습니다. 힘과 용기를 얻습니다. 오늘 큰일을 할 수 있음도 저의 가운데 계신 아버님께서 기도해 주시고 이끌어 주시기 때문이라 확신합니다. 눈에 보이지 않는 아버님을 저의는 늘 봅니다.

'하태수 목사 기념실'이라고 명명한 할아버지들의 쉼 방에는 아버님에게 드린 '기념패'가 걸려 있어 아버님의 사랑으로 가득 채워져 있습니다.

저희 센터에 있는 작은 농장과 저의 집 뜰에 있는 채소밭을 보면서 아버님을 생각합니다. 토마토며 오이며 채소를 가꾸시기 좋아하시고 성경 읽기를 도를 닦는 분같이 정성을 드리시는 아버님을 생각합니다. 아버님이 계시다면 축복받은 저희들을 보시고 얼마나 기뻐하실까 상상해 봅니다. 예수를 말로만 믿는 사람들을 보고 교회를 외면하고 싶을 때가 있지만 아버님의 영상이 저를 붙들어주고 계십니다. 아버님을 정말 뵙고 싶습니다. [*만각의 도세전*, pp. 97-98]

어머니는 부유한 평안도 지주 집안에서 태어나 개성 호수돈 여학교 출신으로 문학적인 자질을 갖추었다. 풍금도 잘 쳤고, 셋째 아들 재은이가 음악을 하게 된 동기는 어머니에게서 악보 읽는 법을 배우게 되면서부터다. 어머니의 외교적인 능력으로 강원도 춘천 근처의 교회 헌당식에 부통령 함태영 목사가 참석하여 축사를 했다. 외할아버지 김상준 목사는 1907년에 성결교를 창시하신 분이다.

하재관은 목사 가정에서 자라면서 하나님의 말씀인 성경을 열심히 읽고 주님의 뜻대로 사는 믿음을 간직했다. 교회생활의 모든 면에 참여하면서 많은 교인들과 만나고 사귀면서 사람을 사람답게 대하는 태도는 it가 아닌 thou의 인격적인 관계로 받아 들였다.

창조주 하나님과의 관계에서 그의 외아들 예수 그리스도의 계명을 우리가 성경말씀에서 배우는 대로 준수하고, 하나님의 나라를 이 땅에 건설

세상에 보답하는 삶

하는 social gospel에 이른다.

여기서 우리의 모국 한반도의 지리적인 특성으로 인한 지정학적인 위치를 고려하기에 이르렀다. 북으로 중국과 소련, 바다 건너 동해로 일본과 접한 한반도는 주변 나라들이 국세확장의 기회를 호시탐탐 엿보는 완충국buffet zone이 된다. 후에는 태평양 건너 멀리 미국도 관여하게 된다.

문화적으로는 북으로 면한 중국문화의 영향을 저버릴 수가 없다. 지금도 우리 이름을 한문漢文으로 쓰고, 최근에는 경제대국으로 크게 성장한 중국과의 관계를 방관할 수가 없는 현실적인 입장이다.

그가 태어난 1935년은 일본이 세계 제2차대전 중으로 일본의 군수물자 조달과 징집되는 등 어려운 경제형편에서 자라났다. 1945년 8월, 일본의 항복으로 독립을 얻었으나, 미소 한반도 분할정책과 좌우 세력으로 남북이 분단되었다. 해방 후 모국 재건 중 5년 만에 맞은 동족상잔의 6.25전쟁을 가져왔고, 분단은 더욱 고착화되었고, 남북 사이의 불신이 깊어 갔다. 이런 암담한 과정에서 약소민족의 갈 길은 과연 어디인가를 한탄하기에 이르렀다.

이승만은 미국 체재 시에도 '풍파 조장자'로 '편파적이고 파당적인 민족 독립운동 방법론'으로 독재적이었다. 1921년 이승만은 임시 대통령의 직무로 상해에 갔다가 임시정부 임원들과 충돌하여 내부 분열을 일으켜 하와이에 돌아와서 '동지회'를 결성하고 이승만을 총재로 세워 한 지도자에게 절대 충성을 바치는 운동으로 발전되어 민주화를 조성하지 못하는 근원적인 소재가 된다.

이승만 정권은 끝내 독재와 부패로 미개발 상태를 여지없이 드러내고, 정치적인 미숙으로 초대 대통령이었지만 4.19혁명으로 4월 26일 하야하여 하와이로 망명했다. 그 후 무능한 장면 정권은 1961년 5월 16일 박정희 군사혁명으로 끝나고 군사독재가 시작되어 언론의 탄압으로 자유를 제한하여 고난을 감수해야 했다.

1960년 남한은 세계에서 가장 가난한 나라 중 하나로, 국내 생산 총액은 1인당 89불로 남아메리카와 사하라 사막 이남의 아프리카 국가들보다 낮았다.

1968년 1월 21일 김신조와 30명의 무장공비 침투사건, 1968년 10월 30일 울진, 삼척 무장공비 사건과, 1969년 3월 16일 주문진 무장공비 출현 등으로 북한의 남침에 대한 불안이 조성되었다.

20세기 후반까지 나라가 올바른 방향으로 발전하지 못하고, 독재로 시대적인 선도에서 벗어나 역행하는 부조리 속에서 역사의식 있는 사람들이 고민하는 가운데, 새로운 돌파구를 찾아 나선 것이 이민의 길이다. 넓은 의미로는 안정을 구한 것이고, 정치, 사회, 경제적으로 보장된 사회를 염원하여 자유와 평화를 찾아 보장된 삶을 추구하기에 이르렀다. 의사와 간호사들이 대거 이민을 택한 것은 이 시대상을 말해 주고 있다. 새로운 삶을 동경하는 모험으로, 또한 자녀들의 교육과 기회를 추구하여 선조의 뼈가 묻힌 정든 고향을 등지고, 언어와 생활 풍습이 다른 타향살이에서 선구자의 길을 개척하기에 이르렀다.

당시에 한국 내의 교회 상황은 5만 여 교회, 800만 신도의 교세를 자랑하고, 세계 50개의 대형교회 중 24개를 지니고 있었다. 놀라운 성장의 요인으로 열정적인 신앙과 헌신, 경제성장, 도시화와 선교 100주년 사업을 들고 있다. 그러나 타락한 모습으로 교회 안에 만연한 물질주의, 권위주의, 세습주의를 지적하고 있다.

농업이 주산업인 경제체제에서 자연의 홍수나 가뭄과 장비의 미비로 농산물의 추수는 빈약한 상태로, 국민의 생활은 가난을 벗어나지 못하고 도탄에 빠지고, 춘궁기春窮期에 '보릿고개'라는 굶주림의 시절이 있었다. 정치적으로 미개발 상태에서 과중한 세금과 관리의 부정부패로 국민의 생활은 기대할 수 없는 암담한 상태였다.

그가 자라나던 시절에 한국은 가난했다. 교인들이 가난했기에 목사도 가난할 수밖에 없고, 그 가정의 자녀들 역시 이 가난을 견디어 내야만 했다. 그의 말로 들어보자.

저는 가난한 옛날 목사님의 둘째 아들로 늘 가난을 배우며 살았습니다.
여름에 배가 고프면 아카시아 나무를 타고 올라가 꽃도 많이 따먹고, 가을엔 밭에 남겨진 감자도 주워 먹고, 아니면 굶고 잤

습니다.

지금도 두드러지게 생각나는 것은 춥고 배고팠던 어린 시절입
니다.

이와 같은 환경에 상관없이 그는 어려서부터 꿈이 많았고 어떠한 어려
움에도 좌절치 않고 다시 일어나는 기백氣魄을 지녔다. 생각이 깊어진 것
은 자라나면서 어려운 과정에서 남을 생각하는 마음이 싹튼 것이 배고픔
을 아는 사람이 남의 배고픈 심정을 헤아릴 수 있게 된 것이다.

이 암담한 현실에서 하재관이 지니고 있던 돌파구는 미국유학의 꿈이
었다. 모든 것을 다 양보한다고 해도 항상 지니고 있던 소망은 우리에게
기독교를 전해 준 선진국에 가서 보고 배우는 것이었다.

유학의 길

1965년 9월 15일 그가 미국 유학으로 떠나기 위해 김포공항에 나갔다.
그러나 이 자리에서도 쉽게 떠날 수만은 없는 이유는 여기 남겨두고 가야
할 만삭 중인 부인과 2살 된 명아의 생활보장이 되지 않았기 때문이다. 유
학은 내년에도 갈 수 있으니 집으로 들어가자고 제안했다.

이때 부인은 단호斷乎했다. 기회는 다시 오지 않는 것이기에 결단대로
단행하자는 것이다. 여기에 지금 떠나야 할 분명한 명분이 서 있는 것이
다. "당신이 성공해야 우리는 살 수 있어요. 여기 일은 내가 꾸려 갈 테니,
혼자 가서 공부하는 일도 만만치 않을 테니, 당신은 가야 해요!" 하고 울음

　　　　　　　　　　　　　　　　　세상에 보답하는 삶

을 멈추고 명아의 손을 잡고 공항을 걸어 나갔다.

이런 격려와 선언으로 비행기에 올라 드디어 유학의 길에 올랐다.

그의 가방 속에는 아버지가 챙겨주신 성경책과, 주머니에는 미화 단 $7.00로, 당시에 유학생이 소유할 수 있는 액수가 $50.00이었지만, 이 액수를 전부 가지고 갈 수 없는 가정형편이었다.

Dr. Chauncy Hager

밤이 깊으면 희망의 여명은 트기 시작한다.

그가 편지로 사귀게 된 Dr. Hager는 서울에 사는 장로교 목사의 아들로 어려운 사람들을 도울 수 있는 공부를 하고 싶다는 편지에 도와주겠다는 생각으로 미북장로교 지도자 양육위원회에 추천해 주었고, Denver Symphony Orchestra의 cellist인 그 부인 Yolanda도 꿈을 지닌 젊은이의 열의와 의지에 감동했다.

Dr. Hager는 독일계로, 아버지는 유전油田으로 부자가 되었고, 인종차별을 부끄러운 일로 생각했고, 친구가 많으며 의사가 되어 흑인에게도 혜택을 주고 한 달에 한 번씩 원주민 인디언 촌에 가서 의료봉사를 하는 Albert Schweitzer 같은 자선가이다. accordion을 하고 음악을 사랑하는 가족으로. 외과의사협의회 섭외부장, 장로교회의 장로, 평신도 회장직으로 적극적으로 봉사하던 훌륭한 분이다.

그러나 Dr. Hager는 불운에 빠지게 되어 자살로 비참한 생애를 마치게 되었다. 그 이유는 새로 병원을 짓는데 은행에서 받은 융자를 갚지 못하게 된 때문으로 세 들었던 백인의사 세 명이 헤거가 흑인환자들을 위한 그의 노력에 불만하여 퇴거함으로 융자금 상환을 어렵게 만든 때문이었다.

하재관은 이토록 성숙한 크리스천의 삶에서 많은 것을 배울 수가 있었고, 이 아름다운 미덕을 그의 삶 속에서 다른 사람을 봉사하는 길에 영입迎入할 수 있었다. 미국으로 초청하는 은혜를 베풀었던 그를 기념하여 이번 책의 모든 판매 수입금을 굶주린 학생들의 장학금으로 쓰기로 해서 Dr. Hager 장학재단을 조성했다.

학교 공부

웅장하게 흰 눈에 덮인 Rocky산맥이 펼쳐 있는 해발 1mile 높이에 자리 잡은 Denver University에서 공부를 시작했다. 이곳은 전 secretary of state인 Condoleeza Rice의 모교이기도하다. 그녀는 미, 소 냉전시기에 소련어를 익히고 전공하여 George W. Bush 대통령에게 발탁된 것이다. Rice 국무장관은 흑인 여성으로 크게 활약했다.

특히 감사한 것은 바로 곁에 있는 Iliff School of Theology에 가서 나를 추천해 주어 내가 유학을 올 수 있었고 Boston University에서 사회윤리로 PhD를 취득하고, 우리 가족이 3년 1개월 만에 이곳에 왔고, 우리 아이가 의사가 되어 아름다운 Pacific 해안의 Newport Beach에서 봉사하는 보람이 더해져, 내게는 은인恩人이다.

1968년 Nebraska주의 Hastings College에서 BA를 받았는데, 독립운동가 박용만, 대통령 이승만, 이기붕 의장의 비서 전영배가 공부한 곳이다. Christmas Eve에 총장이 눈 내리는 먼 길을 운전해서 집에 찾아와 성탄카드와 20불을 주고 갔다. 하재관은 다른 사람들의 삶에 희망을 안겨 주는 고취高趣: 높이 치솟아 오르는의 가슴을 지니게 된다.

대도시 Chicago에 있는 McCormic 신학대학은 잘 선택한 2년간의 석사과정으로, 이 학교는 장로교 신학교로 Paul Tillich, Rudolf Moltman, Karl Barth 같은 거성을 청빙하여 듣고 배우는 정평 있는 신학교육 기관이다. 기숙사인 married student apartment는 잘되어 있고 학생가족의 아이들도 많았다.

여기서 사회참여에 관해 진지하게 탐색할 수 있었다. 사람인人 자가 말해 주는 것처럼 사람은 둘이서 서로 보필하며 사회 속에서 사는 것이다. 옛날 사람들의 생각으로는 탈퇴하여 세속을 벗어나는 것을 이상理想으로 삼았다. 옛날의 불교가 속세를 벗어나서 산으로 은거隱居했지만, 최근의 법정法頂은 사회참여를 솔선하여 독재정권 반대운동에 앞장섰다. 이제는 거룩한 세속으로 여기가 우리 모두가 가꾸고 다듬어야 할 생활터전이다.

Max Weber는 기독교의 정신이 자본주의 형성에 기여한 것으로 내적인 세상 속의 금욕주의inner worldly asceticism라고 했다. 종교가 이 세상에 관심을 돌려 합리화된 사회문화로 세상의 질서를 재구조한다.

H. Richard Niebuhr는 유명한 *Christ and Culture*에서 이 관계를 5가지로 정리하고 있는데 첫 번째는 Christ against Culture로, 이 시대는 지나갔고, 이제는 마지막 단계인 Christ Transformer of Culture로 이에 참여하여 보다 살기 좋은 세상the world better to live으로 하나님 나라의 건설이다.

사회복음social gospel의 대변가인 Walter Rauschenbusch는 교회는 기독교의 원칙을 인간 공동체의 삶에 적용하는 의무가 있는 것으로 하나님과의 합당한 관계를 윤리적인 행위로 보고 사회적인 책임을 강조하기에 이른다. 미국의 사회복음 운동은 교회관심사에서 가장 독특하고 매혹적인 진상眞相으로 세계 기독교계에 이바지한 공헌이다.

1970년 Chicago의 McCormick Theological Seminary에서 MA를 받고 1985년 Illinois주의 Jane Adams School of Social Work에서 Master of Social Work을 받았다.

이 기간 중에 특별한 사정은 공부에 많은 시간이 필요한데도 한국에 두고 온 가족의 생활비를 벌어서 보내야 하는 arbeit였다. 병원에서 물걸레질을 하고, 나무에 올라가 나뭇가지를 자르는 일도 했다. 한번은 Harvard 대학생 Robert과 같이 지하실에서 85파운드가 되는 jack hammer로 시멘트 바닥을 깨고 파이프를 묻는 힘든 일을 하면서 왜 막노동을 하느냐고 물었더니, 아버지가 이 회사 사장으로 여기서 일해 달라고 부탁해서 한다고 했다. 여기서 미국 사람들의 자립정신을 배울 수 있었다.

세상에 보답하는 삶

역경 속에서 찾아온 행운은 가족이 온 것이다. 열심히 일하면 행복해질 수 있는 American dream이 이루어진 것이다. 그의 말로 "미국에 온 지 10개월 만에 학생의 신분으로서 가족을 데리고 왔다는 것은 굳은 의지 그리고 부단한 노력의 대가였다."고 회상한다. [9]

1941년 형의 24년 된 고물차를 몰고 공항에 나갔지만, 유일한 자가용이다. 사진에 이 차는 2-door로 생각나는 것이 있다. 우리 아이가 좀 커서는 우리가 쓰던 2-door를 다음에는 4-door로 하자고 제안했다. 뒷자리에 마음대로 드나들고 싶어서였다.

교포의 가정에서 한국말로 드리는 예배에 가서 풍성한 고향음식을 나누고, 여기서 내일의 어려움을 이겨 내는 인내력을 공급받을 수 있었다.

사회봉사

Chicago Housing Authority의 manager로 250동의 가족주택과 250동의 노인 주택, 총 500가구의 주민들의 문제를 관할하는 일을 했다. 흑인 동네로 멕시코 가정 2, 중국 가정 1 외는 전부 흑인이다. 이 한가운데 수영장을 만들어 놓았더니 *Sun Times* 기자가 동네를 바꾸어 놓았다고 기사를 써서 일약 유명해졌다.

한번은 Mrs. Grifin이 갑자기 넘어져 정신을 잃었다는 전화에 달려가서 할머니를 업고 계단을 내려와 차에 태우고 인근 병원에 갔는데, 이건 미국에서는 할 수 없는 위험한 모험이었다. 이 일로 알려져서 전화가 빗발

치듯 걸려왔다. 인종차별이 없는 사랑의 사도로 대접받게 되고, 사람을 사람답게 대접하는 기독교 윤리의 첫걸음으로 주민들과 더 가까워지는 보상으로 돌아왔다.

2년 후에 Senior Building으로 전근되었는데 총 370개의 아파트 빌딩으로 400여 명의 노인들은 나이는 65세 이상으로 저소득층이나 신체장애자다. 여기에는 유대인 계통의 백인들과 소수의 흑인 노인들이 대부분으로, 한국 노인은 하나도 없었다.

1970년대에 시카고 한인사회에서는 노인을 아파트 단지에 보내는 것을 불효라는 이유 때문에 꺼려 하고 있었다. 그러나 손자, 손녀들이 대학과 직장으로 혹은 결혼으로 나가고 나이 든 할머니만 남게 되어 외로움이 문제가 되었다. 그가 시카고 지역 한국일보에 기사를 쓰기 시작하자 한인 노인들이 몰려와서 같은 언어와 음식으로 외로움에서 벗어날 수 있었다. 한민족은 정이 많은 국민이기 때문에 어디가나 환영을 받는다.

노인 건강센터는 1973년 시카고 북쪽에 조그마한 방을 월 $150.00에 얻고 김순임 여사의 후원으로 15인승 작은 버스를 구입하여 직접 운전과 프로그램을 감당하고, 아내는 시무실과 식사관계를 맡았다. 이때 정부가 adult day care program을 장려하던 때로, 노인급식, 정서생활, 사회적 유대 등을 고려한 전국 노인들을 위한 복지 program이다. 양로원보다 생활환경이 좋고, 노인센터 지원이 정부로서도 경제적으로도 도움이 된 것이다.

세상에 보답하는 삶

이제는 아침 8시부터 오후 2시까지 함께 지내는 것으로 혼자 방에 앉아 있을 때와는 비교가 안 된다. 여기서 정다운 사귐이 있고 고향을 함께 나누는 감격이 깃든다. 여기서 모두가 정성을 모아 함께한 봉사를 그의 말로 들어본다.

> 1993년에 창립해서 오늘까지 4개의 건물과 400여 명의 수혜자, 50여 명의 직원들이 정성 모두어 봉사한다. 코로나 유행병이 창궐했을 때는 자식들도 부모를 만나지 못하고 전화로 묻고 살았다.
>
> 사회적 유대가 차단된 상황에서도 본 센터의 온 직원은 한데 뭉쳐 동분서주하며 음식을 배달하고 회원들의 안부를 전할 때 회원 모두가 숨통이 트였다고 회고한다. 직원과 문 앞에서 나누는 몇 마디에 숨통이 트일 정도였다.
>
> 집안에 감금(?)되다 시피 꼼짝을 못 하고 있는 이때, 센터 직원들은 노인 한 분 한 분에게 전화해 안부를 묻고 따뜻한 점심을 만들어 각 가정에 배달하면서 소식을 나눌 수 있었던 것은 오래 기억될 일이다. 센터의 노력으로 인해 숨통이 트이고 먹을 수 있고 직원들과 얘기할 수 있고…교회도 절도 상상도 못 했던 일들을 본 센터가 해 나갈 때 모두 환호했다. 지금 이야기하기엔 쉽고 간단하겠지만 그렇게 쉬운 일은 아니었다. [110-11]

봉사의 폭이 넓어지면서 이를 감당하기 위해 건물을 늘리는 변화를 가져오기에 이른다.

1. Kedzie Center는 Chicago에 있고 집에서 약 40분 거리
2. Lincoln Center 약 30분
3. Green Center 서남쪽 Schaumburg 약 30분
4. 사무실 Joy Center Wheeling 10분
5. 새로 지은 Arirang House 10분 거리로 2023년 11월 1일 개관

그가 지금 하는 일의 현황을 알려 온 대로 여기 실린다.

아리랑 하우스에 800여 명이 등록을 하고 매일 80명씩 함께 식사를 하고, 명상의 시간, 라인 댄스, 노인을 위한 체조, 미술교실, 노일들을 위한 음식조절도 현재 실시 중이며, 앞으로 탁구, 당구 틀을 준비하고 춘추에 1박 2일 예정으로 가까운 곳에 버스 여행도 계획하고 있습니다.

많은 분이 모인 곳이라 한국을 떠난 후 궁금하던 친구를 만나 부둥켜안고 눈물을 흘리는 모습도, 시카고에 살면서도 오랫동안 만나지 못한 옛 친구들이 주름과 검버섯을 내보이는 얼굴로 만나 야, 제 하며 좋아하는 것을 보면 점심모임이 주는 다른 반가움이 되기도 합니다.

부엌에서 일하는 여자분이 3, 사무실 직원이 2, 그리고 집사람과 내가 수시로 들러 직원과 참석자들을 둘러보곤 합니다. 정부에서 주는 돈은 드는 총비용의 1/10도 안 됩니다. 이는 이미

세상에 보답하는 삶

알고 시작했기 때문에 큰 부담이 되지는 않습니다만, 어느 날 자금조달이 여의치 않음을 예견하고 fund raising도 계획하고 있습니다. 모이는 분들이 솔선해서 물어오고, 참여의사를 내비치기 때문에 잘되리라 생각합니다.

지나온 수십 년의 경험에 비추어 보면 성실히 정직히 열심히 일하면 이 나라에선 빽(?)이 없어도 길이 열림을 경험하게 됩니다. [2024년 2월 19일 자 이메일]

책의 후반에 붙인 제목대로 "계속 일하고 생각하고"가 암시하는 대로 일하면서, 생각하면서 봉사에 골똘해서 흰 눈이 나리는 심심산천深深山川에 큰 발자국이 남겨졌다. 심오深奧한 그의 진실 된 심정을 들어본다.

1965년 9월 15일 꿈을 안고 온 우리는 미국서 열심히 살아온 지 58년이 된다. 이 긴 세월 동안 아내와 나는 꿈을 버린 적이 없다. 이 꿈을 향한 노력이 중단된 적도 없다. 꿈을 이루는 데는 중단 없는 지속성이 필수라는 것을 알고 있었기 때문이다. 두 아이들도 아빠 엄마와 함께 성실하게 살아왔다. 끈기 있는 한국의 후손으로 미국의 시민으로서 살았다. 감사한다. 우리는 산다. 어떻게 사느냐? 행복하게 산다. 어떠한 행복? 사랑하며 용서하는 행복! 누구와? 가족, 형제자매, 이웃 그리고 우리 모두. [117]

하재관이 가슴에 품고 살아온 신학적 윤리관은 "사람을 사람대로 대접하라"는 섬기는 종의 모습이다.

그의 생활철학은 자연 속에서 영감과 위로를 받으며, 아름다운 저 하늘과 땅과 미시간 호수가 그의 생각을 일구어 주는 바탕이 된다. 이 모든 놀라운 결실에 함께 수고하고 봉사한 이들의 마음과 손길로 이렇게 회상한다.

> 이 모두가 계획에 없던 것으로서 많은 동역자들과 함께 열심히 일하면서 자연히 성장한 경우입니다. 기적이라는 것이 마술사의 손놀림처럼 금방 되는 것도 있지만 오랜 세월을 두고 조금씩 이어가는 기적도 있습니다. 지난 30년의 기적입니다. [2023년 8월 28일 자 이메일]

표창

2018년 1월 17일 Chicago 시의회 결의로 27년간 노인복지에 헌신한 공로를 인정하여 시의원 Margaret Laurino가 제안하고 시의회가 만장일치로 가결하여 Rahm Emmanuel (현재 주일대사) 시장이 서명한 공로패를 받았다. 이것을 인터넷에서 알고 그 내용을 요청했을 때 그는 이렇게 표현했다. 왼손이 하는 일을 오른 손이 모르게 하라는 마음바탕에서라고 믿어진다.

귀형의 부탁이 있어 보내드립니다마는 좀 쑥스럽습니다. 왜냐

하면 많은 친구들이 알고 하늘이 알기에 말입니다. [2023년 9
월 18일 자 이메일]

가족: 부모님과 형제/자매와 부인과 두 딸과 두 손녀

부모님들은 평생을 목회로 헌신하시면서 가난을 지닌 그대로 감수하신
분들이시다. 매사에 묵상과 기도로 하나님의 크고도 넓으신 섭리를 헤아
려 보신다.

형 재창: 의사로 대구 동산기독병원장 및 계명대학교 의과대학 교수.
동생 재은: 한국신학대학, 미국에 유학하여 음악박사로, 연세대 교수.
여동생 인애: 미국 이중언어 연구원 교사로 한국어 법정 통역사.
여동생 정애: 예술학 석사로 신라대학 교수.
여동생 은애: 간호학사로 Chicago의 St. Joseph Hospital 수석간호사.

형제, 자매들은 책임감이 강하며 논리적으로 이해하고 독립심이 강하다.
부모를 통해 하나님으로부터 받은 은혜를 미약하나마 사회에 환원하는
것을 도리로 생각한다.

큰딸 명아: 치과의사.
둘째 딸 명원: 변호사 및 공인회계사.
두 딸의 성공의 동기를 부모가 열심히 공부하고 일하는 모습에서 배운
감동에서 엿볼 수 있다. [135-46]

손녀: Kylie와 Emma.

하재관은 부모로부터 물려받아 생각이 깊으며, 글로 표현하는 솜씨가 대단하다. 그러면서도 겸손하게 다른 사람을 드높여uplifting 주며, 사람을 좋아하는 마음바탕으로 주변의 생활환경을 조용히 그리고 알차게 변화시킨다. 그의 선친은 목사나 의사나 사회사업가가 되라고 권했는데 그는 봉사를 택했다.

마지막으로 그의 인생관을 하나만 더 소개한다.

나이가 드는 것은 막을 수 없지만, 어떻게 나이가 들어가느냐는 선택할 수 있다.

그는 선취적先取的: 남보다 앞선인 시각을 지녔기에 주변을 올바르게 구조構造할 수 있었다.

12.

이시갑李時甲 의대교수/영육 간의 영성靈性

이시갑은 의과대학 은퇴교수로, "스승은 준비가 된 때 나타난다"는 속담처럼, 나의 mentor: 현명하고 성실한 조언자로 모시는 분이다.

그는 이조李朝 선안대군의 29대 손으로, 선현들은 성균관 훈장직에서 귀양당해 평안도 강계에 정착했다.

1937년 1월 2일 평안도 강계에서 출생하고, 4살 때 어머니가 산중출혈로 소천하셔서, 할머니 전중엽의 슬하에서 성장했다. 할아버지 이문엽은 당시 향교의 행장으로 유교학자이다. 할머니는 집안의 첫 그리스도인으로 불교, 유교 문화권에서 주 예수 그리스도를 구세주로 영접하고 신앙을 온전히 지키며, 손자 이시갑에게 기독교 믿음의 소중한 유산을 전해 주었다. 할머니는 월남 후 서울 아현감리교회 김봉록 감독 밑에서 풍요한 믿음생활을 증거했다.

부친 이창란은 의과대학 소아과 교수로, 남서울 라이온스 클럽 지도자로 세계 실명자 구조와 지역사회 의료에 공헌했다.

이시갑은 강계 남산국민학교, 서울 중, 고등학교, 연세의과 대학을 졸업하고, 육군 포병 사령부 군의관으로 제3외과병원에서 근무 복역했다.

의학교육 경력

1965년 도미하여 필라델피아에 있는 Temple 대학교 의과대학 병원에서 resident와 chief resident (1969)를 수료하고, Medical Research Institute of Worcester에서 E. Rosemberg 교수 밑에서 Research Fellowship 3년을 수료했다. 그 후에는 Temple 대학 의과대학 병원에서 조교수로 후배양성과 연구생활을 계속했다.

1983년 University of South Dakota, School of Medicine에 정교수로 취임하여 Division of Reproductive Endocrinology Director로 후배양성과 지역사회에 이바지했다. 저서와 검증된 논문 20여 편을 남겼다.

Board Certification:
1. American Board of Obstetrics & Gynecology (1975)
2. American Board of Subspecialty Reproductive Endocrinology (1977)
3. Society of Reproductive Endocrinology Member (No. 77th, 1977)

가족과 신앙경력

이시갑은 1967년 잠시 귀국하여 Esther Bang 방명자와 결혼했다.

방명자는 부친 방재선 (세브란스 졸업, 돈암내과 병원장)의 3녀로, 오빠 방찬영은 (San Francisco University 경제학 교수, 현재 Kazakhstan北北으로 소련, 서西로 중국과 면한 대학 총장, 명예 총장 역임)은 연세대 재학 시에 연세춘추 편집회원으로 동역한 친분을 지니고 있다.

Esther의 할아버지는 황해도에서 과수원을 경영하던 장로로 6.25 한국 전쟁 시 인민군에 의해 순교 당했다.

Esther의 온 가족은 감리교회의 신앙생활로 주 예수님의 자비와 은혜를 선포/증거하고 있다.

이시갑은 1991년 퇴행성 관절염과 당뇨병 등으로 의학계에서 은퇴하게 되었다. 의학 분야에만 심혈心血을 기울이던 그의 삶이 신체의 질환으로 삶의 앞길이 절망적이었다. 그러나 신체행동의 극심한 제한과 당뇨병 합병증으로 불구가 된 것이 그에게는 놀랍게도 새로운 삶의 시작이 되었다.

은퇴 후 1년은 Custer에 있는 Black Hills에서 기도와 성경공부에 몰두하며 인생 처음으로 삶의 재난을 오직 하나님의 은혜와 섭리에 의존하게 되었다. (사무엘하 24:14) 아침 시간에는 높은 산에 홀로 입산하여 기도와 묵상으로, 오후에는 Custer Community Library에서 성경공부에 열중했다. 이 모든 것이 하나님의 자비와 은혜에서 오는 "calling"에서였다. 도서관에서는 그의 책상을 특별히 예비해 줄 정도로 그는 성경공부에 혼신을 다했다.

Divine Calling (부르심에 응답)

1986년 당시 Dakota Area United Methodist Church의 Bishop Edwin C. Boulton에게서 신앙생활을 하게 된 것은 그의 삶의 큰 축복이었다.

첫 부르심은 1984년 North Central Jurisdictional Conference의 member로 소명을 받았다. 용서받은 공동체인 교회는 죄의 고백과 회개를 통해서 성령에 인도될 때에만 온전한 통합으로 그 결실이 하나님께 영광 돌리는 진실을 체득하게 되었다. (Soli Deo Gloria!)

둘째 부르심은 1987년 Nairobi, Kenya에서 World Methodist Conference에 Council Member로 참석하여 세계선교와 vision에 대한 큰 영향을 받았다. 또한 Eucharist를 통해 주 예수님의 임재를 친히 체험하는 경험도 지녔다. (Trans Substantiation)

실생활에서의 '거듭남'은 믿음의 권속이 항상 추구 경험해야할 숙제이며 이는 오직 성령님의 임재와 권능에 의존한다. 그 후 North American section에서 Joe Hale과 D. English 두 분의 성경공부와 선교에서 큰 감명을 받았다.

셋째 부르심은 교회부흥과 선교이다. 최근 교회의 부흥을 교인의 숫자로 헤아리는 악습은 버려야 한다.

교회부흥은 온전히 "보혜사 성령님"의 역사하심에 있음을 강조한다. 성서 중 누가의 "사도행전"은 사실 "성령행전"으로 감명이 깊다. 교회는 머리 되시는 주 예수 그리스도를 고백하고 죄 사함과 회개로 고백하는 공동체로 시작함이 옳다. 성경공부는 교회부흥의 핵심이다. (호세아 4:6)

교회부흥을 실제로 체험한 몇 가지 실례

고대 한서에 "맹모삼천孟母三遷"이라는 전례가 있다. 장터에서 물질 중심에 마음을 빼앗긴 아들을 위해 고요하고 한적한 장례소로 이사했더니 조곡을 외치는 삶의 허무에 말려든 아들을 위해 어머니는 "서당" 근처로 이사를 한다. 비로소 맹자는 학습에 전념하여 그 후 유교문화의 거성이 된다.

이시갑도 신체의 질환으로 세 번 힘든 이사를 해야 했다.
관절염으로 또 당뇨병의 후유증으로 육신의 건강상태가 악화된 것이 필라델피아에서 중부로 이사하게 된 이유다.

1976년 Hill Tops United Methodist Church는 49명의 교회였다. 담임목사는 Rev. Earl Stuke이었고, Dakota Area Bishop은 Edwin C. Boulton이었다. Boulton 감독은 자신의 신체의 장애가 큼에도 계속 그 직분에 헌신하는 겸손하고 믿음이 깊은 지도자였다. 이 두 분의 영향 밑에서 이시갑은 선교회 회장의 직분을 받아 6년을 섬겼다.

인간의 노력으로 불가한 일이 하나님의 성령의 역사 인도 안에서 기적처럼 결실을 맺는다. 교회 성도들은 첫째 기도에 힘썼다. 교회공동체로 기도는 죄에 대한 회개와 고백이 첫째이며, 중요한 과정이다. 이를 통하여 온 성도들이 교회의 공동체를 하나의 unity와 harmony로 이룩한다. "기도"는 또한 "말씀공부"와 병행해야 한다. 교회성장의 중요한 요소는 "기도"와 "성경공부"를 통하여 공동체인 교회는 우리 인간의 노력을 승화 昇華해서 겸손히 하나님의 성령의 힘에 온전히 의존하게 된다. (being led: 요한복음 21:18 이하)

몇 년 후 교회 성도들은 거의 10배가되는 470명으로 늘어나 교회건물도 증축하게 되었다. 이렇게 성령의 인도와 감화로 성장한 교회공동체는 교만하지 않고 겸손히 그 결실의 열매를 하나님의 영광으로 돌린다. (Solus Christos)

은퇴 후 신체건강 회복을 위하여 이사한 곳은 Tucson, Arizona였다. 사막에 가면 관절염은 자연치료가 된다는 주위 친지들의 충언을 받아들였다. Sororan Desert는 고산지역 사막으로 습도는 낮고 년 평균 기온은 화씨로 97도를 넘는다. 겨울철이 7개월 계속되는 먼저 살던 Dakota 지역과는 큰 차이가 있다. 그곳에 이사한 후 두 가지 성령의 역사가 이루어졌다.

첫째는 퇴행성 관절염이 회복되어 wheel chair와 crutches 없이 행동이 회복된 것이다.

둘째는 그곳 침례교회에서 안수집사로 소명을 받아 봉사할 때였다. 이 교회는 이중 문화권 교회였다. 아침 예배시간에 부인과 가족을 교회에 운전해 준 미국인 남편들은 교회정원에서 잡담과 흡연으로 예배에 참석하

세상에 보답하는 삶

지 않는다는 현실이 그의 마음을 움직였다. 우선 그분들 6명으로 "성경공부"를 시작했다. 그 후 그 성경공부반이 20-30명으로 부흥했다. 기도와 하나님의 말씀이 있는 곳에는 필히 성령님의 역사하심이 따른다는 체험을 하게 되었다.

그 후 침례교단에 청하여, 은퇴하신 Brentley 목사님을 파송받아 새 교회가 탄생했다. 한인침례교회에서 미국인 mission church가 탄생한 결실이다. Evangelical mission은 이곳 21세기 미국 어느 곳에나 가능함을 증언한다.

기도와 말씀에 기초를 둔 모임은 언제 어디에서도 보혜사 성령님의 역사하심으로 그 결실을 맺는다. 하나님께서 영광 받으심이 확실하다. (Soli Deo Gloria) 그가 이룩한 부흥의 많은 성취가 있는 가운데도 드러내지 않는 것은, 오로지 하나님께 영광 돌리는 믿음의 깊은 경지境地이다.

Tucson에 거주 시 St. Phillip Parish의 Rector를 만났는데 Dr. Roger Douglas로, 그 겸손과 신앙 면에서 이곳에 이사한 후 받은 가장 큰 하나님의 축복이었다. 그는 영적 아버지 같은 분이셨다. 특히 그가 그곳에서 심장 대수술을 받았을 때 그 분의 겸손하고 치밀한 사역은 그의 회복과정과 믿음을 더하는 중요한 계기가 되었다.

Tucson은 Dalai Lama가 겨울철에 와서 지내던 곳이다. 그의 강연회에서 신약의 산상수훈을 다루는 것을 보고, 세계적인 불교 지도자가 지니는 폭넓은 시각視覺에 감탄했다.

하나님의 소명을 받은 사역

1986년 Sioux Falls, South Dakota에서 Billy Graham Crusade가 있었다. 행사 1년 전에 Local Executive Committee가 조직되었는데 이때 큰 소명 calling을 받았고, 쾌히 수락했다.

Executive Committee에서
1. vice chairperson으로
2. co-prayer chairperson으로 소명을 받았다.

첫 과제로 이 모임을 위해 "새벽기도회"를 시작했다. 첫 시작은 6명이 였으나, 그 후 많은 목사님들과 성도님들이 참여하였다. 여기에 거의 200 여 개의 지역사회 교회가 참석했다. 겸허한 기도는 모든 장벽을 없앤다는 확신을 지니게 되었다. 이것은 multi-dimensional 모임이 성령의 감화로 unity와 harmony로 결실을 이룬 것이다.

이곳 인구 8만 명의 작은 지역에서 4일간의 Crusade 모임에 12만 명이 참석하여 그 지역사회의 복음전파와 성령사역으로 하나님께 큰 영광을 돌렸다. 집회가 끝난 후 Billy Graham 목사가 친히 봉사한 성도들을 초대, 영접해 주었다. Graham 목사와 그와의 단독회담은 20분 정도였지만, 겸 손히 감사를 표하고 격려해 준 것에 큰 감동을 받았다.

그때 그의 성경책 한곳에 친히 서명하고 주신 말씀은 지금도 그의 마음에 분명히 삭여져 그의 믿음 생활에 등불이 되고 있다. 그 성경 구절은 다음과 같다.

Being confident of this that he who began a good work in you will carry it on the completion until the day of Jesus Christ.
너희 속에 착한 일을 시작하신 이가 그리스도 예수의 날까지 이루실 줄을 우리가 확신하노라. [빌립보서 1:6]

Lake Junaluska, North Carolina에 감리교 은퇴 감독들이 많이 거주하는 고장에 United Methodist council member는 매년 참석하게 되어 있다. 한 번은 그들이 모이는 새벽기도회에 순서를 맡은 연로한 감독이 못 나오게 되어, 대신해 달라는 부탁으로 인도한 일이 있는데, 이처럼 기도와 성경공부로 다져진 그의 깊은 영성은 널리 알려져 있다.

현재 그는 Laguna Hills United Methodist Church에서 15년째 장로로 봉사하고 있다. 이 교회는 나의 감신 동기인 허선규 목사의 추천으로 알게 되어 참여하게 되었다.

현재 그의 건강관리는 사랑하는 처 Esther의 헌신으로 이루어진다.
무엇보다 고마운 것은 Esther가 그의 기도생활의 mentor라고 고백한다.
같이 기도와 말씀으로 가정예배를 보고 있음을 큰 축복이라고 감사한다.

그에게 많이 묻는 질문이 있다.

"어떻게 많은 질환 중에서 건강을 유지하고 계십니까?"

이에 대한 그의 대답은 항상 동일하다.

"하나님의 말씀이 나를 모든 병으로부터 살려주시고 또 건강을 지탱해 주십니다."고 고백한다. 신체의 고난을 믿음으로 극복하는 영육간의 깊은 영성靈性을 지니고 있다.

지난 18년 동안 매일 아침 성경공부를 2시간씩 한다. 그리고 이의 복습으로 computer로 정리하는 데 1시간이 소요된다.

성경책은 노년 시야에 맞추어 Supergiant print No. 16.5를 구입하는데, 지난 수년 동안에 18권을 주문해 읽었다. 나에게도 영문판 큰 글자 성경을 보내 주며 읽기를 권장한다.

매일 복습으로 정리한 성서 slide와 성화는 현재 거의 18,000장을 넘는다. iCloud에 소장하는 비용도 크지만 이 또한 하나님께서 감당해 주신다.

병으로 아플 때 성경을 더 많이 읽는다. 이로 인해 그는 성경을 통달通達하고 있다.

"주의 말씀은 내 발에 등이요 내 길에 빛이니이다." [시편 119:105]

진실로 하나님의 말씀은 이 어지러운 세상을 살아가는 데 밝은 등불이 되신다.

세상에 보답하는 삶

그는 이렇게 고백한다.

> 하나님 말씀은 온갖 질병을 치유해 주시고 온전케 구원해 주십
> 니다. [이사야 53:5]
> Amen, Maranatha Kyrios!
> Solus Christos.
> Soli Deo Gloria!

Si G. Lee. 그의 깊은 천명이다.

이시갑 선생을 알게 된 것은 그 댁 딸과 우리 아들이 Boston University 에서 공부하는 중에 만나 결혼하게 된 사돈간의 인연에서이다. 동갑네 사돈으로 이제는 가깝게 지내자고 하면서, 나더러 목사이니 형님이 되어라고 했다. 그보다는 생일대로 하자고 생일을 물었더니 1월 2일이라고 해서 당할 재주가 없었다.

손녀의 결혼식에 한국에서 오신 할아버지 이창란 박사는 우리에게 유명한 동양화가 碧海의 그림 한 폭을 선물해 주서서, 내 서재에 걸어 놓고 그의 너그러운 성품을 회상한다. 그 화폭에서 동양화의 특수한 장면을 엿볼 수 있는데, 산수 좋은 정자아래 화가와 친구가 들어 앉아 아름다운 풍치를 즐기는 모습이다. 이 그림은 매일의 삶 속에 안위安慰:comfort와 도전挑戰: challenge을 안겨 준다.

내가 Providence, Rhode Island에서 첫 목회를 할 때, 동부의 그 교회에 3천 마일의 먼 거리를 서부에서 방문해 주었다. 지금 생각해 보니, 우리에게 아무 연락도 없이 조용히 떠났다.

Boston 서남방 교외의 St. John's United Methodist Church는 미국인 교회로, 파송 받았을 때 미국인 교회를 잘 아는 그는 이런 조언을 해 주었다. 첫째로, 십자가를 강조하는 ("예수 그리스도와 그의 십자가에 못 박히신 것 외에는 아무것도 알지 아니하기로 작정하였음이라." 고린도전서 2:2) 설교를 할 것과, 둘째로, 미국인 교회 목사는 보통 3년을 하고 다른 교회로 파송받는다고 떠날 준비를 하는 여유도 일러주었다. 그러한 내면의 동기와 결단을 지닌 채 목회하는 여유를 교인들에게 보여 줄 수 있었다.

이 선생의 영향으로 미국인 교회에서 결실을 맺은 몇 가지를 소개하기로 한다. 우리 한국에 기독교를 전해 준 이 나라에 보답하는 생각으로 목회에 임했다. 이곳 신문에 Korean evangelist가 부임했다는 기사가 실렸다.

부임한 지 얼마 안 되어 교인 중에 나와 동갑인 처녀 간호사 Carolann Reeves가 감리사에게 전화해서 왜 하필 한국인 목사를 보냈느냐고 불평했다는 것이다. 그때부터 한국 사람의 장기를 보여 주겠다는 의욕이 일었다.

한번은 지휘자/반주자가 사정이 있어 한 주일 출석할 수 없다고 알려 왔다. 이 교회에는 큰 pipe organ이 있었는데, 한국인 목사가 온 것을 문제 삼던 그에게 무엇인가를 보여 줄 기회가 되었다. 이 pipe organ의

세상에 보답하는 삶

pedal은 반주자도 사용하지 못했는데, 이 기회에 찬송가를 골라 발판을 연습해서, 목사가 직접 반주하는 것을 보고, 그도 organ을 칠 줄 알았기에, 놀랐을 것이다.

내가 떠날 때는 farewell party에서 그 지역 Dedham의 유명한 토끼 모양의 자석이 달린 도자기를 주면서 이런 카드를 첨부했다.

> As you pass or open the refrigerator, I hope this tiny rabbit will give you fond memories of Dedham. Fondly, Carolann.

매년 10월에 열리는 바자회 준비로 apple-pie를 만들었는데, 그전 해에는 5명이 나와서 만들었다는데, 우리 부부가 참가하여 15명이 나와서, 목사가 바뀌면서 처음부터 무엇인가가 달라졌다고 교인들이 좋아했다.

한번은 Parish-Pastor Relationship committee목회협조 위원회 위원장 Jayne Brown이 "How do you transform us like this?" 하고 물었다. 잠시 생각해 보고 나서 "It's not me, but your potentialities have been realized." 라고 대답했다. 그때 Henry Nouwen의 말이 떠올랐다.

> 목회의 대신비는 우리 자신의 연약함과 제한으로 당황하면서
> 도, 투명하게 거룩하신 보혜사 하나님의 영이 우리를 통해 다
> 른 사람들에게까지 전달되는 것이다.
> [Henry Nouwen, *The Living Reminder*, p. 68]

우리가 떠나고 나서 United Methodist Women여선교회 회장인 Marion Peterson의 두 딸 Cheryl과 Kirsten이 우리에게 우편으로 이런 글을 교회 그림 밑에 넣어 보내 주었다.

Rev. Walter Chun - A hard worker with a warm heart.

얼마 지나지 않아 고등학교 체육 선생으로 은퇴하고, 예배 중에 나와 함께 duet도 부르고, 그 지역 마라톤에 참가하는 고령의 Arlene Appleton 부부가 새로 간 교회로 찾아와서 점심을 함께 나누었다.

이 교회에서 4년을 담임하고, 한국과 날씨가 비슷해서 한인들이 많이 사는 Atlanta, Georgia의 한인교회에 갈 기회가 있었다. 그 교회에서 남기철 목사전 목원대학장가 은퇴하면서 나를 청빙했는데, 남 목사는 나를 한 번도 만난일이 없지만, 그의 선친이 원산에서 목회하면서, 나의 선친이 원산 중앙교회를 새로 짓고 10년간 담임한 전진규 감리사/감독/순교자의 아들이라는 것을 알고, 그 친구 차현회 목사그의 선친은 수표감리교회 차경창 목사로 우리 선친과 함께 순교의 주선으로 초청한 것 같다. 그러나 당시 보스턴에서는 전목사가 아니면 교단을 탈퇴하겠다고 감독에게 통보한 북부 보스턴 한인교회로 갔는데, 당시 보스턴에서 resident를 하고 있는 외아들 Dave 를 두고 떠날 수가 없는 형편도 있었다.

이때 그 지역 감독은 이제 파송제도가 개체 교회의 요청으로 시행되지 못한다는 기사를 *Sunday Boston Globe*에 실린 일이 있다. 그 후로 감리사 물망物望에 올랐다.

미연합감리교회 목사는 정년퇴직이 70세이지만, 나의 삶의 목적을 재검토하면서, 연구와 집필의 희망을 추구하게 되었고, 이시갑 선생의 박식하고 깊은 믿음에 바탕을 둔 그에 대한 저술은 best seller가 될 수 있다는 확신도 갖게 되었다. 65세에 은퇴하고 아들네가 사는 세계적인 entertainment center인 Las Vegas로 이사했고, 이선생의 삶에 대한 저술을 시도하고 싶었지만 그때 그의 건강 상태는 저술에 집념하면 무리가 된다는 생각에서 이를 요청할 수가 없었다.

그의 매일의 삶은 성경을 읽고 명상하는 가운데 인류의 역사과정에 반영하는 해석학적인interpretive 풀이를 한다. 이 작업을 실생활에 조명/반영하고 역동적인 조명을 채취採取한다.

나에게 베풀어 준 더 소중한 일은 책을 소개해 준 것이다. 이것은 그의 광범위한 독서에서 가능한 것으로, Richard Rohr, *Falling Upward: Spirituality for the Two Halves of Life*를 보내 주고, Henry Nouwen과 다른 책들을 추천/소개해 주었다.

더 획기적劃期的인 것은 법정의 *오두막 편지*와 *살아 있는 것은 다 행복하라*를 보내 주며 소개한 일이다. 목사인 내가 반발을 하지 않을 가를 부부가 우려했다는 것이다. 저자가 1970년부터 미국에 유학/목회로 거주하였기 때문에 1976년에 *무소유*로 출판하기 시작한 모두 21권의 법정의 저술에 접할 기회가 없었는데, 그의 권유로 법정의 저술을 탐독하면서 다른 종교의 다른 시각을 터득할 수가 있었다.

이 교수의 깊은 영성은 성경을 통달하고 자유자재로 인용하는 박식은 물론이고, 이것을 실생활에 적용하는 솔선initiative을 보여 준다. 그를 통해서 광범위하게 많은 것을 깨달을 수 있다. 지금도 전화로 1시간 정도의 통화를 하면서 정치, 경제, 시사를 성경과 연결시켜 해석하는 시각을 많이 배운다.

그뿐만이 아니고, 의학에 대한 질문도 쉽게 풀이해 주어 우리에게 많은 도움을 준다. 이 박식한 통찰력을 다른 사람들에게도 혜택을 줄 수 있도록 모임을 마련하고 싶은 마음은 간절하지만, 그의 건강에 무리가 될 수 있는 것이, 보물단지를 땅에 묻어두는 애달픈 심경心境이다.

그에게서 감명 깊게 배우는 것은 믿음을 생활과 연관 짓는 생활 속의 믿음Faith in the midst of Life이다. 이것이 나의 첫 번째 책(2009)의 제목이 되었다.

그의 성경 해석/풀이는 생활과 직결된 것이다, 생활을 위해 성경이 존재하고, 성경의 구체적인 가치는 인간 매일의 삶에 적용하는 실용적인 혜택이다. 그러기에 성경을 읽는 것은 우리 매일의 생활에서 높은 경지의 생활안내를 찾는 길이다. 그는 박식하면서 겸손하고 친절하고, 남에게 베풀어 주는 희생정신을 담고 있는 삶이다.

사람은 psycho-physical totality로 정신과 육체의 특질을 공유하는 총체로 본다. 그러기에 의학 전문가인 이시갑은 spiritual-physical totality로 육체적인 것과 영적인 차원의 심오한 관계를 탐색하고 실제 삶에 포용包容하고 있다.

중국이 오늘의 강대국으로 발돋움하는 발판을 마련해 준 모택동의 유명한 말이 있다. 이것은 Boston University의 대학원 강의에서 교수가 소개해 주어 읽은 빨간 겉표지의 모택동 전집에서 읽은 것으로 이런 말이다.

이론은 실천에서 시작하고 실천에서 이론을 재검토하여 이론을 새롭게 정리한다.

이것은 현대 인문/자연 과학에서 적용하는 방법론이다.
이론과 실천의 연결로, coherence of theory & practice를 이룬다.

성경말씀은 기억하고 즐기라는 말이 아니고, 실생활 속에서 행하라는 것이다.

인생 여정은 스스로가 겸손으로 하강下降하여 상승上昇하는, 져 주고 이기는, uplifting의 길로 비등沸騰: effervescence이다.

우리 삶에 밝은 등불이 되시는 하나님의 말씀에 의지하고 사는 삶 속에 감격感激과 활기活氣가 깃든다.

　인간은 종교적인 존재이므로 삶을 높은 경지로 향상시키고 의미와 보람을 안겨 준다. 또한 사회적인 존재로 공동체를 이루기 위해 제도를 창안하고, 사회윤리를 이룩하여 사회재건으로 보다 더 바람직한 삶을 구현한다.

　그러기에 인성의 특징은 주어진 환경을 보다 보람되게 가꾸어 가는 것으로, 그에게 주어진 처소에서 시작한다. 그 방법이 생활 속에서 이론을 정립하고, 실천에서 이론을 재검토하는 과정에서 새롭게 정리하여, 실생활에 적용하는 구체적인 작업이다. 이것을 정正, 반反, 합合의 변증법적辨證法的인 사고로 합리화合理化를 이루기도 한다.

　사람은 생각하는 것만큼 삶이 달라진다.
　예술적인 삶은 사회를 향상시킨다.
　신앙/믿음은 고차원의 세계로 시야를 넓히어 도덕적인 책임에 이르고, 동기를 유발誘發한다.

　세상에 보답하는 길은 세상을 맡아서 관장管掌: 맡아서 주관하는 사람들을 격려/고취하여 이들로 하여금 세상을 보존/향상시키는 데 있다. 그러기 위해서는 무엇보다 먼저 사람들이 보다 향상된 삶을 살 수 있도록 도와주는 일이다.

실천에서 살펴본 여섯 분들은 우리가 처한 고난을 극복하고 개선하고 향상시키는 수고를 감당한 선구자들이다. 현장에서 도전받고 개선하는 이들의 분투수기奮鬪手記에는 깊은 사연事緣을 담고 있어 감동적이다. 이 땅의 체류자로 보다 올바르고 살기 좋은 세상으로 가꾸어 주는 일에 이바지한 이들의 노고에 감사하고 치하하는 바이다.

이들의 기백氣魄: 씩씩한 기상과 진취성이 있는 정신을 잘 묘사하고 있는 시를 함께 음미吟味해 보기로 한다. Samuel Ulman1840-1924의 *YOUTH*청춘: 靑春이다.

그 자신은 미국에 이민 온 사업가, 시인, 인도주의자, 종교지도자였는데, Douglas MacArthur 장군이 좋아하던 시인이다. MacArthur 장군은 한국과 특별한 인연으로, 한국전 중에 압록강과 두만강을 넘는 북진을 주장했지만, Truman 대통령에 의해 해고당한 명장군이다. 그의 뜻이 이루어졌다면, 통일이 되어 오늘날과 같은 김정은의 3대째 독재로 우리 한 핏줄이 굶주리고 헐벗지는 않을 것이고, 북한도 남한과 같이 경제 대국으로 풍요豊饒 속에 선진을 구가謳歌하고 있을 것이다.

청춘은 인생의 나이가 아니라 마음의 나이이다.
장밋빛 뺨과 붉은 입술과 유연한 몸매가 아니라 강인한 의지
와 풍부한 상상력과 깊고 깊은 인생의 샘에서 용출되는 신선

함이다.

청춘은 용기 잃은 정신이 아니라 거창한 사랑을 위해 뛰어드는
모험 속에 있는 것이다.
용기 없는 20세가 노인이다.
용기 있는 60세는 청춘이다.
나이를 먹었다고 해서 사람이 늙지 않는다.
꿈을 잃었을 때 비로소 늙는다.
세월이 주름살을 더 늘리지만 정열을 잃어버린 정신은 주름살
투성이가 된다.
고민과 공포와 자해가 정신을 고사시켜 쓰레기로 만든다.
누구에게나 중요한 것은 감동하는 마음과 다음이 무엇일까 눈
망울 반짝이는 어린애 같은 호기심과 가슴 졸이며 미지의 인생
에 도전하는 희열이다.

눈을 감고 생각해 보자. 당신 마음속에 있는 무선기지를.
푸른 하늘 높이 솟아 반짝이는 수많은 안테나, 그 안테나가 수
신할 것이다.
위대한 사람의 메시지와 숭고한 대자연의 메시지,
세계가 얼마나 아름답고 경이로움이 많은가를.
살아 있다는 것이 얼마나 멋있는 것인가!
용기와 희망과 미소를 잃지 않고, 생명의 메시지를 계속 수신
하는 한, 당신은 언제나 청년이다.

세상에 보답하는 삶

만약에 당신 마음의 안테나가 쓰러져, 눈과 같이 차가운 냉소와 얼음과 같이 굳어진 실망에 뒤덮이면, 설사 20세 나이일지라도 당신은 틀림없는 노인이다.

그러나 당신의 안테나가 생명의 메시지를 쉬지 않고 수신하는 동안 설사 80의 나이일지라도 당신은 언제나 청춘이다.

청춘은 젊은 육체 속에 있는 것이 아니라 젊은 정신 속에 있는 것이다.

구약의 미가는 주전 750년과 686년 사이에 살았던 양치는 목자로 족보 없이 시작한 선지자로, 하나님이 거룩하시고 그 백성들이 언약대로 살기를 권했다. 죄의 결과는 부정직과 우상으로, 회개하고 공의와 인자를 행하면 유대가 회복된다는 소망을 안겨주었다. 그러기에 그의 메시지는 오늘날의 우리 시대에도 타당하다. 그가 외친 권고의 핵심을 다시 한번 새겨본다.

오직 공법公法: justice을 물같이, 정의正義:righteousness를 하수 같이 흘릴지로다. [미가 5:24]

사람아 주께서 선한 것이 무엇임을 네게 보이셨나니 여호와께서 네게 구하시는 것이 오직 공의公義: justice를 행하며 인자仁慈: mercy를 사랑하며 겸손히 네 하나님과 함께 행行: walk humbly하는 것이 아니냐. [미가 6:8]

세상에 보답하는 삶

ⓒ 전중현, 2024

초판 1쇄 발행 2024년 5월 21일

지은이   전중현
펴낸이   이기봉
편집   좋은땅 편집팀
펴낸곳   도서출판 좋은땅
주소   서울특별시 마포구 양화로12길 26 지월드빌딩 (서교동 395-7)
전화   02)374-8616~7
팩스   02)374-8614
이메일   gworldbook@naver.com
홈페이지 www.g-world.co.kr

ISBN   979-11-388-3153-6 (03810)